智启心灵，慧沐生命。

人生智慧丛书，带你走进温暖和澄静。

人生智慧丛书

# 与天真签约

顾　问：金　波
策　划：赵晓龙　　杨　才　　郝建国
主　编：王爱玲
副主编：焦文旗　　张冬青
编　委：赵晓龙　　王爱玲　　迟崇起　　焦文旗
　　　　张冬青　　杨易梅　　郝建东　　符向阳

河北出版传媒集团
河北教育出版社

**图书在版编目（CIP）数据**

与天真签约 ／ 王爱玲主编． —— 石家庄 ：河北教育
出版社，2016.3
（人生智慧丛书）
ISBN 978—7—5545—2326—1

Ⅰ．①与… Ⅱ．①王… Ⅲ．①散文集－中国－当代
Ⅳ．①I267

中国版本图书馆CIP数据核字(2016)第051624号


书　　名　**与天真签约**
主　　编　王爱玲
责任编辑　刘书芳
装帧设计　于　越
出版发行　河北出版传媒集团
　　　　　河北教育出版社　http://www.hbep.com
　　　　　（石家庄市联盟路705号，050061）
印　　制　河北新华第二印刷有限责任公司
开　　本　880mm×1250mm　1/32
印　　张　8.75
字　　数　187千字
版　　次　2016年3月第1版
印　　次　2016年3月第1次印刷
书　　号　ISBN 978—7—5545—2326—1
定　　价　20.00元

# 阅读散文的趣味 | 金波
## ——《人生智慧丛书》序

我希望更多的人有阅读散文的趣味。

散文作为一种文学样式，在和其他文学样式的对比中，彰显着它鲜明的特点。特别是把散文和诗加以对比，散文的特点就更加突出了。例如，有这样一些比喻：

诗是跳舞，散文是走步；

诗是饮酒，散文是喝水；

诗是唱歌，散文是说话；

诗是独白，散文是交谈；

诗是窗子，散文是房门。

这些比喻，从对比中呈现着散文的特征。散文贴近现实生活，所表现的更为具体真实；散文关注的生活很广阔，但表现手法灵活多样；散文可以和各种文学样式相融合，但不会丢失它的本色，同时它又吸纳各种文学样式的特征，形成了散文从题材到技法的丰富性。

有人说，散文是一切文学样式的根。我赞成这一看法。因为你无论是写小说、写戏剧、写文艺批评，甚至写哲学、历史著作，都离不开散文。凡是从事写作的人，都得有写作散文的基本功。所以有人又说，写好散文，才能获得作家的"身份证"。

写散文是进入文学殿堂必经的门，读散文也是进入文学殿堂必经的门。读散文的趣味很重要。散文可以抒情，可以叙事，可以议论，可以写景，可以状物，各体兼备，风格多样。

我们提倡"自觉的阅读"，不妨从阅读散文开始。喜欢阅读散文的人，会静下心来，会养成慢阅读的好习惯。散文是可以品读的，因为散文最易于形成多样风格，让我们增添一些不同的品味和审美的趣味。

基于此，这套丛书对入选的散文进行了深入的梳理、开掘，以全新的视角，发掘出了独特的价值体系。遴选了十个具有温暖、善美、纯真、禅意特质的主题，用文字和图画来传递人性的真善美，倡导仁爱和谐，表达对生命的探索与诉求。这套"人生智慧丛书"，共十册，包括《跟随内心的声音》《让未来转身》《给心窗点一盏灯》《不忘初心》《别把春天藏在心底》《眺望十年后的自己》《与天真签约》《愿做山间一泓水》《漫画人生》《手绘青春》。

收入本丛书的，都是一些短小的散文，可归属于文学性较强、艺术风格较为鲜明的"美文"。有的朴素简明，有的干净利落，有的妙趣横生，有的深邃启思。我设想有很多的读者（他们可以是从九十九岁到九岁的老少读者），在一个安静的时刻阅读这一篇篇令人安静的散文，用真诚的心态阅读这一篇篇真诚的散文，用享受语言之美的感觉阅读这一篇篇纯美的散文。我们默默地读着，却能在灵府的深处，隐隐地听见语言的韵律，入耳入心，贮之胸臆，久久享用。

阅读散文的趣味一定是隽永的。

二〇一六年新春，于北京

# 目录

## 感悟人生

I

## 修身养性

## 成就大器

## 禅意拾光

# 感悟人生

　　人生在世，繁复多元。古人云，做人外圆内方。经营好人生，就要学会不在意，不轻言放弃，看淡得与失，懂得放与收，大气才会大成。守得住刚强，练得成弹性，风来拂面，雨来沐身，最美是在随意间……

# 慕人不如慕己

真正的幸福在于知道怎样享受自己目前所拥有的，并能除去自己能力之外的物欲。

◎朱雪梅

当梦想和现实遥遥相隔时，当年轻的我不再充满热情时，当眼中的泪水找不到归宿时，我习惯天真地想：我要是她该多好。

偶然，看到了泰戈尔的诗："鸟儿愿为一朵云，云儿愿为一只鸟。"于是，我开始明白，不应羡慕别人光彩照人的人生，那"光彩"的背后一样有忧愁，只是成功的人在忧愁面前抱着不移的执着。

鸟儿做腻了鸟儿，想做一朵无拘无束的云。然而它根本不知道做云的难言之苦：随时会被风吹散，随时会被雷击破，看似潇洒自在，其实漂泊不定，动荡不安。

云儿做腻了云儿，想做一只自在翱翔的鸟儿。但它根本不知道做鸟儿的无可奈何：随时会被苍鹰吃掉，随时会被暴雨折断翅膀，看似自由自在地翻飞嬉戏，其实是为填饱肚子而东觅西寻，身无遮掩。

其实鸟儿并不知道，在它空想做云儿的时候，跟它有共同祖先的鸡已嫉妒了它多少年；云儿也不知道，在它空想做鸟儿的时候，跟它天地相隔的山呆望了它多少岁。这片天空下飘着多少这样的云？这方土地上飞着多少这样的鸟？这个世界又上演着多少类似的悲喜剧？

为什么要羡慕别人？为什么要这山看着那山高，这碗看着那碗香？无论怎样，我们都应该相信：目前我们所拥有的不论是顺境还是逆境，都是一种最好的安排。只有这样，我们才能在顺境中感恩，在逆境中依然心存喜乐，我们才不会在泪水滴落的刹那间迷失自我。

人生没有十全十美。我们应放开手中的缺陷，知足常乐。何必要人心不足蛇吞象般苦苦追求，该放弃时就大度地松手。与其待在原地哀悼已有的失败，不如成功进入下一个胜利的轮回中。爱我目前所拥有的一切才会有真正的幸福，弃我所不能拥有的才能真正得到心灵宁静和心灵富足。真正的幸福在于知道怎样享受自己目前所拥有的，并能除去自己能力之外的物欲。

一株蜡梅在墙角瘦瘦地绽放，仍能一庭暗香；一条小溪在山涧缓缓地流淌，仍是一河生命。万物都有所能，都有所归。把握住自己，欣赏自己，充分利用自己的长处，才会拥有真正的幸福。为了增强腿部肌肉的力量，保持腿部的灵活性与韧性，无臂女孩儿不仅坚持经常性的跑步，还成为碧波荡漾的泳池里的一条自由穿梭的"美人鱼"，还成为一家跆拳道馆里小有名气的高手……一位医生曾指着给她拍的 X 光片，惊奇地喟叹："经过锻炼，她的双脚已变得异常敏捷，她的脚趾关节已像手指关节一样灵活自如。"

女孩儿的梦想还在不停放飞，她又走进了汽车驾驶学校。在教练员惊讶地关注中，她很快便掌握了驾车的各项技术，通过了近乎苛刻的各项考试，顺利地拿到了驾照，开始用双脚娴熟地驾车御风而行……

接下来，女孩儿要去圆自己心中埋藏已久的梦想了——她要亲自驾驶飞机，拥抱苍穹。

曾经培养出许多飞行员的著名教练帕里什·特拉威克一看到亲自驾车来报名的女孩儿，就知道她一定会飞上蓝天的，就像一只矫健的雄鹰那样，不仅仅因为她那娴熟的驾车技术，还因为她目光中流露出的从容、淡定与果决。

果然，女孩儿在学习飞机驾驶的时候，丝毫不逊色于那些身体健全的飞行员，她一只脚操纵着控制板，另一只脚操纵着驾驶杆，滑行、拉起、升空……她冷静、沉着，每一个动作都十分准确、到位，比不少学员表现得都出色。教练帕里什·特拉威克后来回忆说："事实证明，她是一个优秀的飞行员，她驾驶飞机时非常冷静和稳定。一旦你和她在一起待上二十分钟，你甚至就会忘掉她没有双臂的事实。她向人们展示，人们可以克服所有的限制，她真是太令人难以置信了。"

二十五岁的女孩儿如愿拿到了轻型运动飞机的私人驾照，成为美国历史上第一位只用双脚驾驶飞机的合法飞行员，开创了飞行史的先例。女孩儿的名字叫杰西卡·考克斯。

如今，杰西卡·考克斯已是美国家喻户晓的英雄，她靠双脚生活和奋斗的感人故事，给世人带来了巨大的心灵震撼和精神鼓舞。

在美国数百场的演讲中，杰西卡·考克斯说得最多的一句话是："你的梦想有多高，你就可能飞多高。"

没错，即使你生来就没有翅膀，你依然可以高高地飞翔，因为你心中永不跌落的梦想，会为你生出自由翱翔的双翅，会给你传递无穷的力量，会帮助你创造无法想象的奇迹。

# 容　膝

容膝，是一种品格、一种精神、一种为人处世
应取的态度，所处虽狭小，胸怀却博大。

◎畅朝辉

　　河北古城正定大佛寺内，有一方著名的石刻，上书"容膝"二
字，苍劲从容，落款为"晦翁"。"晦翁"是宋朝大理学家朱熹的
别号。朱熹为何要在这里题字？这其中还有一个传说。

　　大佛寺当时有一排专供游客住宿的小屋，名曰雨花堂。雨花堂
的建筑格式很特殊，从大到小，共一十八间。大者二丈有余，小者
只能容下一人。客人所住房间大小，以向寺院施舍财物多少而定。

　　宋宁宗庆元年间，大理学家朱熹与外戚韩胄不和，两次遭排斥
被贬官，免官后生活非常清苦。一日，他身着青衣，头戴小帽，一
身平民打扮，前来大佛寺礼佛。看天色将晚，便向寺内住持借宿。
住持是个十分爱财的和尚。他一看朱熹这身打扮，也不问姓名，便
将其安排到雨花堂内一个最小的房间。入夜，朱熹睡在地上的一个
草帘上，心里很不是滋味。想起韩胄依仗权势，排斥异己，又想到
自己一生坎坷，就连这被世人视为最公平的佛教寺院，也因人而异
安排住宿。思前想后，不觉慨然长叹："漠漠苍天，无公平之理，

茫茫宇中，无容膝之地。"说罢，蘸墨挥毫，在石砌的墙上写下"容膝"二字。

后韩胄被杀，朱熹亦已去世。宋理宗因念朱子功德，赠其太师，追封为信国公，还诏令天下搜集朱熹真迹。大佛寺雨花堂朱熹所书"容膝"二字，也被视为国宝，依其墨迹凿刻于青石之上。

"容膝"本意是说地方狭窄，仅能容下双膝而已。语出《韩诗外传》"今如结驷列骑，所安不过容膝"；陶渊明在《归去来兮辞》中也有"倚南窗以寄傲，审容膝之易安"的句子。以古鉴今，对待物欲，我们也要有点儿容膝易安的精神。容膝，是一种品格、一种精神、一种为人处世应取的态度，所处虽狭小，胸怀却博大。

容膝启示我们，物质追求应有度。应当说，物质利益、物质享受适当追求无可厚非，这是人类进步的一种原动力，但人类的幸福快乐绝不仅仅表现在物质方面，财富与幸福也并不能画等号。卢梭说："金钱不能买到灵魂所需要的东西。"金钱能买到婚姻，但买不到爱情；金钱能买到书籍，但买不到知识；金钱能买到药品，但买不到健康；金钱能得到奉承，但得不到真诚。

人之所以快乐，不是得到的多，而是计较的少。中国有句老话："良田万顷，日食一升；广厦千间，夜眠八尺。"人心不足，得寸进尺。有了房子还想住进大别墅，有了轿车还想开上更高级的，电视要看大屏幕的，服装要穿名牌的……最终成为物欲的仆人，被榨尽血汗、精力和时间，被剥夺了幸福感，最终得到了却没有满心喜悦，反而有更深的失落。蛇欲吞象，贪得无厌。有人不该要的要了，不该拿的拿了。不安于容膝，在现实生活中引发了许多不该发生的事情，甚至有很多人倒了下去，滑进了犯罪的深渊。

　　容膝启示我们，精神追求须无尽，幸福快乐就在于精神与物质同步发展。钱锺书老先生对此曾有过一段颇有趣的议论。钱先生否认物质文明能使人性堕落，认为"物质只是人性利用厚生之工具，病根在人性"，物质"日进千里"，精神"仍守故步"，"于今尤急需解决"，"例如亚里士多德之《物理学》无人问津，而亚里士多德之《伦理学》仍可开卷有益。此事极耐寻思"。物质丰富、心灵丰盈，才是真正的和谐，人类才会有真正的进步；不断拓展自身的精神领地，我们才能成为健全的人；只有两条腿走路，人生的道路上我们才不会跛足而行。

# 给梦开方

拥有梦，也就不会放弃对这个世界的幻想和感
知，就不会失去人类与生俱来的前瞻能力。

◎王行水

## 一

梦如人的影子，伴随人一生。

古今中外，从周公到弗洛伊德，几千年来，人类没有停止探索
梦的脚步。但事到如今，仍然仁者见仁，智者见智，没有一致的答
案，也找不到准确的原因。

人在走出动物世界的第一步，在有了最初的意识之后，梦就跟
从着人类，激励着人类，也困扰着人类。

人，经常在自己的梦中惊醒。

## 二

梦是过往的碎片，遗落于我们的记忆之中，突然于某个夜间，
在我们的头脑闪现。

实际上，人都格外地注重向前看。人世间的痛苦太多，婴儿就

是啼哭着来到这个世界的，他（她）对这个世界怀有天生的恐惧和无法抑制的悲怆。啼哭，是婴儿对自己降临尘世所能做出的唯一控诉和抵抗。

也许只有遗忘，可以减去我们内心的悲情。遗忘是麻木的前期症状，而麻木是浅表性死亡。

正是梦，将我们突然唤回，对着我们头上的白发和脸上的皱纹，大声喊叫——与昨日的告别，不要那么毅然决然！

走过的日子尽管有伤有痛，却毕竟年轻！

特别是人类的童年，只有幻想，没有疤痕！


三

放弃梦，几乎等于放弃求索与上进的人生，向流俗和苦难无条件缴械投降，不做任何抗争，逆来顺受，苟活偷生。

欺软怕硬，是这个世界的一条普遍法则。人们越是卑躬屈膝，越是活不下去。

此刻，梦如魔毯一样从远处飞来，对面临被死亡洪流裹挟的人类，做了挪亚方舟式的抢救，大大增强了人们活下去的信心，提高了人类的存活率。

最严重的贫穷是穷得没有梦，那是真正的一无所有。


四

苦难是一部大书，我们经常逃离阅读的现场，把自己藏在梦中，虚拟着红尘之外的风花雪月或五彩缤纷。

梦使我们从孩提时代起，就充满了美的理想与渴望。梦给了我们第三只眼睛，超越于现实世界，看到了遥远地平线的尽头，每天都在升腾着新的希望。

当对今天不再抱有信心的时候，所幸的是梦使我们对明天寄予了款款深情。

相信明天，相信梦，纵使面对眼前无边无际的苦难，我们也能发出响亮的哭声。

## 五

梦与人生有着千丝万缕的联系，"人生如梦"就是一种痛彻之后的"禅悟"。虚幻的梦模拟的是真实的人生，人走在梦里的脚步，因为没有任何顾忌，所以比走在尘世的路上还真实。

有理想和追求就会有梦。莘莘学子希望金榜题名，少男少女希望"君心似我心，定不负相思意"，拉煤的希望板车上装的东西一下子变成金银财宝，饿了几天几夜的流浪汉则希望突然看到牛排和面包长着腿径直朝自己走来。

梦其实不只是在睡着的时候才会做，人在清醒状态下做的梦，更加逼真，更加难醒。

梦是理想开出的花，梦是追求结出的果。在梦里，我们一次次实现了心理和精神的满足。孤独、困惑的心灵，一旦迎来了梦的抚摩，则换之以温暖的慰藉。

梦为我们打开了一片希望的天空，也为我们填补了一些现实的缺陷。

## 六

梦是心灵的杰作，创造着智慧的高峰。

有多少科学家使出浑身解数跳跃着采摘知识之果，但囿于树的高大，无数次的起跳也只能看到果实诱人地闪光，手臂却无缘企及。而在食不甘味、寝不安席之时，一个突如其来的梦，却为他送来了攀爬的梯子。

有多少诗人和艺术家，为寻觅一句得体的诗句而搜肠刮肚、苦苦吟哦，为构思一幅雅致的画儿或一支优美的乐曲而六神无主、苦思冥想，却往往又是在几乎心灰意懒、绝望哀号之际，梦如不速之客破门而入，成全了妙手偶得、鬼斧神工。

英雄危难之时，总有豪侠舍身相救。

## 七

梦是一块沃土，可以开垦、播种。

梦是一座矿山，可以发掘、利用。

梦是人一生的童话。拥有梦，也就不会放弃对这个世界的幻想和感知，就不会失去人类与生俱来的前瞻能力。

梦是虚幻的真实，又是真实的虚幻。梦可以成为现实，现实也可以成为梦。梦把不可能变为可能，也把不真实变成真实。梦导引着人生，也拉动着人生。人类生生不息的奋斗，既是圆梦，也是在创造着梦。

梦中点亮的灯，可以照亮我们前行的路；梦中燃烧的炉火，可以把我们的内心煮沸。

当然，梦行千里，不如起行一步。

一生没有梦是令人遗憾的，因为无缘看到梦中的精彩世界；一生都在做梦的人也是令人悲悯的，因为轻飘飘的梦毕竟不能把他驮到想去的地方。

亲爱的，带上你的梦和梦里的憧憬，来到阳光下，让我们一起上路吧!

# 给痛苦加层糖衣

捕捉你身边的每一份快乐，用它裹住你的情绪，
让痛苦的日子甜蜜起来！

◎王绍斌

痛，是生理的感觉。

苦，是心理的体验。

人们往往能忍受一时之痛，却常常耐不住寂寞之苦。关云长能忍得刮骨疗毒之痛，却忍不了内心的那份跃跃欲试的骚动。

痛苦本质上就是对人生欲望的压抑与扭曲。

我小时候患有哮喘，最怕的是吃药。打针痛，我不怕。吃药苦，捏着鼻子往嘴里灌，难受极了。我觉得西方人似乎更懂得人文关怀，西药是一种浓缩片，即便是苦若黄连也会裹上一层糖衣。而我们的汤药，却要慢慢地把苦汁熬出来，并且需要很长的疗程。

病魔折磨着身心已经够痛苦了，为什么还要给阴郁的日子再增加一些苦涩呢？

所谓"煎熬"，原指汤药制作的过程，把中药材加上水在文火中慢慢地熬。因为熬得时间长，苦汁尽出，让我们喝起来苦不堪言，难以下咽。这让不少患者最终忍受不了煎熬，放弃医治，从而

病入膏肓。

痛苦确是一味良药，能医治懦弱、医治浮躁、医治浅薄。

但人生短暂，何不给苦涩的日子加点儿糖。这"糖"便是我们对生活的乐观态度。

捕捉你身边的每一份快乐，用它裹住你的情绪，让痛苦的日子甜蜜起来！

# 十三岁时，我懂得了一个道理

变化并不总是最坏的事。有时候，它恰恰是我
们所需要的。

　　十三岁那年夏天，我的生活中发生了一些大事。初中刚毕业，我便终于有一个机会和我迷恋一年的男孩儿约翰跳舞了。秋天，我就要上高中了。这些都令人非常兴奋，但也有点儿让人害怕。不过，至少我知道，如果事情变得难以忍受，我还有个安全的家可以躲避。

　　然而，夏天过了一半，父母就告诉我他们要离婚了。这不仅震动了我的整个世界，而且把它弄得翻天覆地。当母亲说"我们认为这样做最好"的时候，她的话在我耳边嗡嗡直响。这样做最好？怎么可能？我震惊极了。我无法相信我们的家就要破碎了。当然，在某种程度上，我一直知道父母不是很幸福。他们之间很少有那种深情款款的举动，而且经常打架。但我仍然不想改变现状，我希望我的家仍然像以前一样。

　　父母离婚后，我的生活发生了彻底的改变。我和母亲搬进城镇另一头的一个小公寓里，父亲和我兄弟比尔则住在我们原来的房

子里。现在，只要我周末去看望父亲和比尔，我就是他们家的客人了。我正处于可能会被别人认为开始约会的年龄，但实际上，出去吃晚饭、和男人一起参加舞会的是我母亲。然后，母亲做了一件不可思议的事——她订婚了！我立即对很快就要成为我继父的丹产生了怀疑。虽然他努力想了解我，但我都心怀抵触。事实上，我对他非常粗鲁。事情确实令人沮丧。即使离婚在我们居住的市郊也算不上稀罕事儿，但我朋友们的父母仍然住在一起。朋友们无法体会我的心情，不明白我现在为什么一直都那么安静。我仍然和他们一起出去踢足球或者跳舞，但我发现自己不再喜欢过去已经习惯的那种生活。我明显地消沉，尤其是在丹和我母亲结婚之后，我意识到事情再也不可能变回原来的样子了。

我的救星是我最想不到的人——我的继父丹。即使我对他非常不好，他也从来没有放弃过我。渐渐地，我开始信任他了。我意识到我们有许多共同点，尤其是在看电影和电视的时候。我们经常一起在外面看电视，那让我们有机会交谈，增进彼此的了解。然后，丹邀请我去跑步，而我喜欢跑步。

丹向我展示了我从来没有从我父亲那儿得到过的关心。当我需要有关学校、朋友或者男孩子方面的建议时，丹总是在我身边。通过目睹母亲和丹一起生活，我学到了很多。他们经常在一起嬉戏，相亲相爱，因此，我知道他们的婚姻是多么美好。一旦我开始亲近丹，我们三人在一起的时间就多了。我们经常出去吃饭，进行短途旅行，我和丹甚至还参加了赛跑，而且还一起跑。最后，我发现我终于有了梦寐以求的幸福家庭。

我现在意识到我父母离婚是正确的，他们婚姻的破裂对我们所有人而言都是最好的结果。我父亲也找到了幸福——他再婚了，又有了一个孩子，我同父异母的妹妹米歇尔。

十三岁，我懂得了一个重要的道理——变化并不总是最坏的事。有时候，它恰恰是我们所需要的。

# 走路的哲学

走在人生的道路上，也有相似的情形，许多发
着亮光，招引着你、诱惑着你的往往是陷阱。

◎白新妮

人的一生，都是在用自己的双脚走路。人生的路如何走，却是
大有学问的。君不见，有人走崎岖路，依然乐观、坚定；有人走
平坦大路，却苦闷、彷徨；有人在弯弯曲曲的路上闯过来了，却在
笔直的大道上栽了跟头；有人走上坡路忘乎所以，最后跌了跤。所
以，如何走好人生之路，这是一个探索、学习、认识、掌握走路的
哲学问题。

走上坡路要低头。所谓"上坡路"，是泛指一个人在官场、
商场光彩照人、如日中天之际，在情场春风得意之时。这个时候不
要忘乎所以，应低下发热的头，好好看一看人生该走的路是多么漫
长、曲折而艰辛；好好想一想你的春风得意、如日中天承载了多少
人的关爱、企盼、支持与帮助，是昔日付出多么巨大的努力才得到
的。这样你的上坡路才能走得稳当，也才能上升到应有的高度。

走下坡路要抬头。所谓"下坡路"，一是指一个人在官场、商
场、情场失意、受挫折之时；二是指以人生的轨迹来说，不管你职

位有多高，成就有多显赫，总要从岗位上退下来。当一个人走下坡路时，正是需要你挺起胸、抬高头、向前看的时候。有人说得好，一个人在人之上的时候，要把别人当人；一个人在人之下的时候，要把自己当人。要以"极目楚天舒"的目光去净化目前这一切，以"海纳百川"的胸怀去包容这一切，以"不以物喜，不以己悲"的气概去鞭策、激励自己。这样，虽是下坡路，却能走得轻松、自如、愉快。

走转弯路身要正。人坐车上，车轮转弯的时候，由于惯性的作用，人的身子不能保持正确的姿势，很容易被摔下来。因此，人在走转弯路的时候，关键是身子要正、目光应远、思想要有准备，这样才能保持平衡，才能不掉队、不落伍，才能跟上形势、与时俱进。

走崎岖路要向前看。人生不如意常十有八九，坎坷路往往多于阳光大道。古往今来，那些伟人、名人，大都经历过各种坎坷之路的考验。面对事业屡遭失败、身体屡受疾病折磨、家庭屡遭不幸，他们没有悲观失望、怨天尤人，而是以坚定不移之心、刚毅不拔之志、乐观潇洒之态，向前看，迈大步跨过了坎坷，为人类的文明和社会的进步做出了卓越贡献。

走平坦路要抬高脚。人走在平坦大道时，往往容易产生麻痹思想和松懈情绪。常言说："矮石易绊人。"有多少人从崎岖的小道上走了过来，却在平坦的大道上栽了跟头，摔了大跤。所以，走平坦路亦要小心谨慎，抬高脚步，甚至要有如履薄冰的警惕性。"思想麻痹事故来"，这是人们对车辆事故的精辟总结。走在人生的道路上，又何尝不是如此呢？有人感悟说，平坦路往往不平坦，有时比崎岖路更难走，是有道理的。

走夜路别踩亮处。在乡村走夜路的人都知道，看见有亮光的地方，千万别去踩，那里往往就是一摊水。走在人生的道路上，也有相似的情形，许多发着亮光，招引着你、诱惑着你的往往是陷阱。人为什么会上当受骗，这同走夜路挑亮光的地方落脚是一样的道理，就是被眼前的一点儿亮光所迷惑了。

# 人生短章

回看自己以及相伴身边的万物生灵的影子，正
是阳光、月光亲近自然的衍生。

◎达　平

## 琢磨心手合一的未来

玉是易碎品，在金丝绒衬底的盒子里小心盛放，在硬物不易撞击到的隐蔽处束之高阁。这与人类以衣蔽体一样，掖藏在包裹着的赤诚和热烈之中，不可显露和碰撞。

所以真玉、好玉难得一见。抛砖引来的玉，大可疑之，不妨请历练的老玉匠鉴定，由表及里，去伪存真，直至真相大白。

这就像我们的日常所见，青菜总在生长中青翠，清水总在源头时清澈。这其中的秘密，一经打开，清水就能把青菜洗得干干净净，也能把我们的世俗情怀，洗涤得风清月明。

我们怀抱清水和青菜的日子，比锦衣玉食的梦幻来得踏实。那是因为富丽堂皇向我们摇曳时，我们一直心志未改，初衷仍在，如那琢玉人面对璞石，放开胸怀，琢磨心手合一的未来一样。

# 英雄箭囊里的箭永远新鲜

瞄定目标，得令即离弦而飞，去完成建功立业的期盼。所以，搭在弦上的箭，外表平静，骨子里却紧张得火星迸射。那肢体语言，像百米跑的赛手，缄默在即将发出预备令的起跑线上。

开弓没有回头箭。那关于五十步与一百步的讥嘲笑骂，箭永远也无法听到。离弦的箭听到什么？擦身而过的风声嗖嗖？不不，那是助威的摇旗呐喊，那是兴奋的山呼海啸。

飞箭在飞，途中也曾私念一闪，想消停片刻，看看谁在跳谁在喊，希望铭记这一生中最风光的一刻，拉长不可多得的甜蜜记忆。可飞箭醒悟，从离弦的一刹那起，只能直击目标而去，哪怕仅仅懈怠一秒，不只落得半途而废，更凄惨的境遇是折箭沉沙。那样，箭家族流传数千年的美名就会毁于一旦，从此被另眼相看。哪支箭能够独立支撑这史册上备受煎熬的渊薮？所以，那个叫英雄的人，总像箭似的一往无前。所以，被称为英雄的人，箭囊里的箭永远新鲜。


# 独尊者在人间暖身

莲台之外是凡尘。七步之外的凡尘，广袤，邈远，像个无穷放大的汤圆。佛的慧眼，无法打量到圆的那边。

是谁，将莲台当作一道风景？是凡尘中人，是凡尘人人相加的称呼——芸芸众生。他们抬头见佛，低头见影。起初，以为那是佛的影子，仔细辨认却是自己割不断的随形。抬头再看，看到的却是佛光之上那更亮的阳光、更柔的月光。回看自己以及相伴身边的万物生灵的影子，正是阳光、月光亲近自然的衍生。

土地、阳光与人，三点一线，呼应生灵万物的生生死死、死死生生。或尊或鄙，谁鄙谁尊？着实难解难分。正是这分解不开的枝枝丫丫，撑起人间烟火的天长地久。

凌波而开的莲花，迎风含笑的莲花，众生目光烘托的莲花，在清风玉露里美着，可莲台之上冷着空着。独尊者，想必受不住唯我的清冷，已下凡到人间暖身。


## 茅的灵魂向度

长在野地里，与举在士兵手中一样险象环生，要么招惹野火，要么逼近战火，自古至今。

摇曳在风中，茅如一片柔弱的云，却无法消解内刚的天性。拨开纷披的叶子细察，即能领悟，茅并不挺拔的身躯里，坚守着不惧刀砍火烧的精神。铁甲士兵们高举着茅前进，就是高举一面猎猎不倒的旗帜。要不，哪有名列前茅一说？

一向以身体迎着火、在火中涅槃著称于世的茅，初衷与火相悖，战火也罢，野火也罢。这从茅不期然临水照镜、顾盼生姿的剪影中一点点地折射出来，像惊鸿一瞥，让我们在短暂的失语中费尽思量。

事物示人的一面，往往片面地遮掩了本质的成分。就像茅，躯体面对的方位，并不能诠释其灵魂的向度。

## 盘古，你眼睛向下看

盘古的斧子，一直未停止挥动，路人皆知。尽管，芸芸众生凡胎肉眼，不见盘古踪影，但斧头起落爆出的闪电时时在，处处在。斧起斧落，天地两厢分开。经天纬地日月轮番作业，挥洒而出的光辉，是那斧头起落间闪电的衍生与放大。

自挥起斧头，盘古至今未曾歇息。如今，已是天圆地方。站在天高地厚处放眼远眺，传说中孕育出来的混沌洪荒，又隐没到传说之中。盘古，不妨以你开的天当被，以你劈的地当床，枕着斧头美美地睡一觉。别担心会出现天覆地倾，也别担心一觉醒来会退回到地荒天老。一切，有你一万八千载身躯之下的芸芸众生撑着呢。他们双手伸展开来就是凝固的闪电，头脑转动起来就是灵慧的火花。

盘古，只要你眼睛向下看一眼，你就能看到，脚下如蚁般的继承者们，正在继续你天长地久的梦想与行动。

# 面对讥讽

格里芬对待嘲笑采取了反击，但反击的不是别人，而是自己的缺点。

◎祝师基

美国旧金山有位人气颇旺的年轻歌手，早年曾是 KFRC 电台的民谣歌手，他的声音被称为"美国浪漫之声"，全加州的女孩儿都渴望见他一面，为此不惜付出任何代价。然而，歌迷们却从未见过他的庐山真面目。但歌迷们不罢休，纷纷写信到电台老板那儿，要求电台给他们一张歌手的签名照。

然而，照片是万万不能给的。歌手很清楚为什么，那样会使他尴尬，更会使歌迷失望。电台老板也意识到这个问题，从一开始就谢绝任何外界的采访，并且规定所有的员工不得泄露歌手的任何消息，否则一律开除。在这种情况下，歌手被藏得密不透风，人们永远只能在电波里听他的歌声。

直到有一天，一位女歌迷的一声放声大笑让歌手的"秘密"大白于天下。

女歌迷是这位歌手的千万个崇拜者之一。那天，她想方设法混进电台办公楼想与歌手见上一面。在楼道口，她拦住一名工作人员问路，不料这人恰好是那位歌手。歌手满面通红地应付了几句，就想赶紧离开，这时正好有个不知内情的同事路过，叫出了歌手的名字。女歌迷惊呆了，随即放声大笑起来。原来，他们崇拜的偶像竟然是个体重足有两百三十多斤的肥胖症患者。

消息一经传出，许许多多的人都知道了他们崇拜的偶像的"模样"。

电台老板大为恼火，准备聘请律师控告那个"泄密"的女歌迷，歌手婉言相劝，控告之事才不了了之。然而，那天那个女孩儿的肆无忌惮的嘲笑声却久久留在歌手的耳畔。他知道，根源在自己，不能怪别人，要想使事业更上一层楼，就必须减肥。于是，一个艰苦的训练和严格的节食计划制订出来。一段时间后，一个健康、挺拔的年轻人出现在观众面前。人们很快发现，他的表演才能远胜于唱歌。三十六年后，很多歌迷早已忘记了"美国浪漫之声"，但默文·格里芬的电视节目在美国却人尽皆知。

格里芬对待嘲笑采取了反击，但反击的不是别人，而是自己的缺点。试想，如果当初格里芬在受到嘲笑后去反击别人，那么也仅仅是把人家告上法庭，得到一些赔偿，对自己的事业有何提高呢？如果那样，再有名的歌手也不过是昙花一现，或许至今还只是个默默无闻的电台职员。但他良好的心理素质、敏锐的思辨能力、文明的道德素养和得体的"斗争"方式，让他走向了人生事业的辉煌。

在工作和生活中，我们不知要遭遇多少次讥讽、嘲笑，如果我们心存怨气，伺机报复，结果可能是两败俱伤。我们何不把别人的讥讽、嘲笑，转化为对自己有利的鞭策呢？

# 得到的与失去的

人的一生就是这样，你得到了，必然要有所丢失；你失去了，必然会有所收获。

◎遥之远

四岁，咿呀学语的我学会了表达，学会了交流，也跟大人学会了使用赞美与谎言。我开始迈开蹒跚的步伐在大地上行走，却失去了那个美妙的摇篮与母爱的怀抱。

八岁，我背着书包走进了学校，开始接受新知识，却失去了童年时最美好的玩耍时光。

十八岁，我成为一个男子汉，尽管我还有些幼稚，但仍要伪装成熟去面对他人。我为学业、为未来而勤奋苦读，却丢失了我的初恋。

二十二岁，我从学校走入社会，开始独立。我开始变得圆滑，却丢失了学生时代纯真而有棱角的自我。

二十六岁，我成家立业。为了家庭、为了妻子，我忙碌奔波，却丢失了自由，丢失了少年时的梦想。

三十六岁，我事业小成，付出终于得到了回报，但仍不能有丝毫放松，仍努力地往上爬，却丢失了大把的陪伴妻子和儿子的幸福时光。

四十四岁，事业终于达到顶峰，但我的头发稀疏了不少，啤酒肚也渐渐隆起。我丢失了健康，丢失了宝贵的青春。

五十二岁，我退休了，可以颐养天年，可我没有了目标，丢失了动力与进取。看着花白的头发，我丢失了自信与豪情。

六十六岁，我参透人间一切，可以坐看云卷云舒，但我丢失了那种悲喜交加的人生韵味。

八十岁，我终于可以解脱人间悲苦，去那个极乐世界，但我却丢失了人生的无价之宝——呼吸。

人的一生就是这样，你得到了，必然要有所丢失；你失去了，必然会有所收获。

# 人生短笛

*人不能总在消极中厮磨岁月，而应始终积极面
对人生。*

◎成世菊

## 被动·主动

主动受益，被动挨打，一般来说是这样的，所以要设法争取主
动，不要被动。

被动多由粗疏或愚钝造成。粗疏是在有知觉的情况下发生的，
愚钝是在无知觉下发生的。察觉被动，是主动的开始，也意味着相
对乐观的结局。

人不能总在消极中厮磨岁月，而应始终积极面对人生。积极
就是主动进取，主动谋虑。不过，由主动变被动易，由被动变主动
难。主动是一步一个脚印，一点一滴积累的；被动在于错将被动视
为主动，险象环生时还自我感觉良好，一旦遇挫才追悔莫及。

## 理　智

理智是守护生命最忠实、最可靠的伴侣。

理和智的有机组合产生了理智。理是理性，是逻辑化的主见；

智是智慧，是机智行事的方法。有主见，又有方法，行动起来则轻重缓急皆宜；成功与理智密不可分，持守理智是艰难的，顺境时容易，逆境时不容易。逆境常诱发深潜于心的情感，情感的无节制地喷发对摆脱逆境并无裨益。于是，我们便用痛苦酿造理智，默默地、默默地承受着不公平的一切。

理智表达着冷静，冷静不是不热情，而是热情的另一种形式。在冷静的背后，常常掩隐着一颗滚烫的赤子之心。


## 借　助

人最终最可靠的依托是自助。但自助是有限度的，许多事情如能得到他人的扶助，就能更快地走向成功。"在家靠父母，出门靠朋友"，指的就是这种借助。

善于借助，体现了智慧的另一个层面，也昭示了人已经意识到自己所处的孤立无援的处境，并具备了努力改变这种处境的清醒和明智。

心高气傲的生命万事不求人。万事不求人无非是两种结果：第一，做不到就不做，也就无所谓成不成，无所谓求不求人；第二，硬撑着自己做，很勉强做成了，但身心俱损。人应当主要靠自助，然后才是借助。纯粹依靠借助是投机，投机虽成犹败。人不能依赖借助，人只能借助于借助。

# 最后的尖晶石

人和人相遇，人和机遇相遇，也如同在黑夜。也就是说，人一生不知错过了多少机会却不自知。

◎鲍尔吉·原野

天没亮的时候，有一人坐在河边的山坡上，等待夜色消退。他是渔夫，天亮后支网捕鱼。

渔夫身边有一堆石子，刚好堆在他手能摸到的地方。他抓起一颗，投河里，听"扑、扑"的响声。

石子一颗接一颗丢进河里。河深，又很宽，波涛翻滚。渔夫挥臂把石子扔到尽可能远的地方，这是一个游戏。人在等待的时候，都喜欢发明一些游戏，打发时光。

不知为什么，渔夫没有把手里最后一颗石子扔出去，而是留在手里把玩。他像扔羊拐骨一样，把石子扔上扔下。天光熹微，石子闪亮。再扔，还有光亮。渔夫仔细看这颗石子，天哪，它是一颗尖晶石！尖晶石是宝石的一种，橘色，产于北印度，也就是渔夫所在的地方。在用玫瑰形切割法加工之后，尖晶石可以用来装饰王冠或贵族的胸针与戒指。它值多少钱呢？一颗可以换十顷地，也就是渔夫打二十年鱼所换来的钱。而一堆被丢进河里的尖晶石的市值，比渔夫这一生、下一生、下下一生打鱼的收入还要多。渔夫的手颤抖了，是这只手把财富扔进了河里，他恨不能吊死自己。

这是一个印度故事。读者会和渔夫一起想：尖晶石为什么堆在那里呢？上帝为什么让渔夫遇到宝石并捉弄他呢？

有意味的是：人和宝石相遇，往往是在黑夜。

人和人相遇，人和机遇相遇，也如同在黑夜。也就是说，人一生不知错过了多少机会却不自知。

不自知并不痛苦。渔夫不幸在晨光中认出了这颗宝石，痛苦将伴随他的一生。他手里至少还有一颗宝石，这比没宝石的人幸运。但他比所有人都沮丧，因为想念更多失去的宝石，他认为它们属于自己。如果天不亮，如果渔夫把最后一颗尖晶石投入河中，他就会像所有的人一样，过着平静的生活。

命运的残酷之一，是把财富分成有形和无形，而让人更关注有形的财富。有人为丢了一枚戒指而急哭了，而有谁会为丢失了永不再来的时间在街上哭泣呢？

我不信这堆尖晶石的存在，但知道机遇女神常带着嘲弄的笑容从每个人面前走过，而人们却认不出她，因为女神绝不会是珠光宝气的。当人们盯着远处不可企及的目标时，女神便从他们身边走过去了。

渔夫其实也算幸运，机遇毕竟在他眼前露了脸，尽管这让他一辈子都不安。

# 稳定即优秀

对心境的选择不一样，在生活质量的反映上也
不一样。有时候，良好的心理素质要比命运重
要得多。

◎陆勇强

航天英雄杨利伟成为"宇航员"之前，还有两位旗鼓相当的竞
争对手。但是几次心理测试下来，杨利伟的心理素质最稳定。

当杨利伟成为"飞天第一人"时，与其说他的心理素质是最优
秀的，不如说他的心理素质是最稳定的更确切。

专家说宇航员至关重要的是心理素质稳定，其间道理与"狭路
相逢勇者胜"如出一辙。当人的客观外在条件一致时，就应该考虑
其精神状态，因为再优秀的客观条件也需要精神去驱动。

几年前，央视《实话实说》曾做过一期节目，一位名叫杭平的
挖煤工人被埋在地下存活了三十四天。而在节目中杭平回答问题时
所表现出的那种冷静，根本没有人会想到他只有二十六岁。如果他
不冷静，怎么会在地下想出那么多保护自己的办法，又怎么会想出
用眼镜镜片去割驴子的肉……静才能保持良好的心态，静才能有所
为有所不为。

苏联曾有一个十分经典的案例。一辆冷藏车送货到一家商场，司机停好车后，就和店主吃饭去了。一位搬运工人独自卸货，当他走进冷藏车后，门被风一吹，合上了。

等司机和店主回来，不见了搬运工人，他们到处找，结果在冷藏车中找到了他。可是他早已缩成一团死去多时了。

司机便成为谋杀嫌疑人，但是后来的调查结果显示，当时冷藏车根本没有启动，也就是说冷藏室里的温度是恒定的，根本不足以置人于死地，而且司机与搬运工人之间没有任何利害关系。经过专家鉴定，搬运工人是被吓死的，冷藏室的门被风吹关闭后，他以为自己必然会被冻死，所以终于被恐惧击倒。

心理学家说，每个人其实都活在自我设置的情境之中，关键在于面对任何一种境遇，都需要与之相适应的心境去对待。对心境的选择不一样，在生活质量的反映上也不一样。有时候，良好的心理素质要比命运重要得多。

# 乐观是一件美丽易碎的首饰

真正能带给人幸福的是百分之百的理性——多
想你拥有的，少想你缺少的；守得贫，耐得富，
享受自己正在做与已经做好的事情。

◎曾文广

乐观对一个人究竟有多重要？

这是法国作家大仲马充满激情的回答："乐观是一首激昂优美
的进行曲，时刻鼓舞着你向事业的大路勇猛前进。"相信人们普遍
赞同这个并不抽象的观点，很多成功人士也用现身说法的方式透露
给人们同一种信息：是乐观造就了他们，乐观对彼时的他们意味着
一切。他们的答案似乎说明，只要在逆境和困难中紧紧拽住"乐观"
这根救命草，你的人生就可以点石成金，并从此高步云衢，无往不
胜。但事实并非如此，无论何时，无论何人，乐观绝对不是一切，
他们忽略了较乐观更重要的东西。张海迪在她的作品《绝顶》里写
道："我每天都想放弃生命，但每天我又小心翼翼地把它拾起来，
精心地、像看护一小簇火焰一样，让它燃烧，生怕它熄灭……"长
期以来，身残志坚的张海迪自始至终给人们的印象就是两个字：乐
观。她这番话却直率真诚地告诉我们，她并不像有关方面宣传的那
么豁达、乐观，她身上也有一般人的弱点，甚至有"放弃生命"的

想法。但她又为何总会"小心翼翼地"把生命"拾起来",用整个身心去呵护它,并使之不断迸溅出灿烂的火花?在她身上我清楚地看见那被人忽略了的弥足珍贵的东西——不是浅薄的、庸俗化了的乐观,而是理性,更深邃的、契入她灵魂深处的理性。

生活中,人们却常常舍本逐末抛弃了理性,打着乐观的旗帜来鼓励自己去成为自己并不能成为的人,去完成自己并不能完成的事情。这种乐观其实就是自欺欺人,欺骗了自己,却骗不了生活本身。喜怒哀乐本是人生的四重奏,缺少其中任何一种"声音",人生就不完整、不真实。如果一个人在任何时候都是一副"我是乐天派,我怕谁"的表情,这张嘴脸简直就让人厌恶,就是一种昭然的失败。

现今,迷信未来已经成为人们生活的精神支柱,人们普遍乐观地认为明天一定好过今天。其实这是工业文明导致的心理幼稚化现象。若真依照这种美好的愿望,普天之下岂非皆成功人士?生活从来不像臆想中的那么好,当然,也不像臆想中那么坏。一个人被生活挫败得遍体鳞伤,悲观失望,把剩下的生命都用来诅咒上帝,这无疑是个悲剧;同样地,一个人把成功看得轻而易举如探囊取物,他无非是个现代版的屡战屡败的游侠堂吉诃德,他的所作所为更像一场闹剧,愚己又误人。忧郁是人在自己身上涂抹的一层悲剧色彩,是一种精神疾病,而不切实际的乐观则是人佩戴在身上的美丽易碎的首饰,是美化了的缺点。一个人唯有用理性把自己武装起来,不事张扬,不被"好"或"坏"的情绪所左右,对自己的人生大胆设想,小心求证,才可能最终赢得属于自己的将来。

很欣赏寓工作于嗜好的人。这种人多半生活简单而安逸，执着、认真而理性地生活在自己的世界里，即使寄身浮躁的闹市，他们安静地往桌前一坐，喧嚣便被隔在三丈之外了。也许，这种人不一定能发得了大财，但他们从工作中得到的满足是用多少钱都买不到的。

忧郁、悲观、失望不能给一个人带来幸福和快乐，被放大和庸俗化了的乐观也不能，真正能带给人幸福的是百分之百的理性——多想你拥有的，少想你缺少的；守得贫，耐得富，享受自己正在做与已经做好的事情。你若做到了，你就是有福之人，即使你打碎了或从未拥有过那件其实很廉价的首饰。

# 孤独如古墨生香

孤独者不会因为孤独就成功，如同炼金的人不
一定炼得真金，打鱼的人不一定获取锦鲤。

◎陈　虹

孤独不同于独处。

药农在深山采药，农民在田里插秧，虽无人做伴，却不觉得
孤独。

孤独是不得不离开大多数人的生活方式，为一项目标去努力、
去自我囚闭的人。如高考前的学生，又如科学家和各行各业的求
索者。

然而，孤独并非不知道娱乐与休闲，也并非没有能力享受。孤
独，如同在觥筹交欢中独饮一杯清水，在笙歌酣畅处默念自己的心
语，孤独者是自甘清苦的修行人。

孤独是一个人要修养的心性。心比四肢更活泼，思不能止，欲
不能平，故有"心猿意马"之谓。修心，是让一个人的心静下来，
专注一处而无他求。这很难，天下最难管的是一个人的心。管住了
心，就管住了眼耳鼻舌身意。通达地讲，享乐没什么不好，如果不
允许享乐，社会没必要建设得这么好与这么发达。见享乐而指斥，

不是伪君子就是吃不着葡萄的狐狸。但时间不给有志于事业的人留出享乐的闲暇，他们因此孤独。经济学家所说的"机会成本"，刚好用在这里。不享乐，并非享乐不好或不会享乐，只是成本太高，高到要管住自己的心，其中滋味，人称孤独。

孤独者不会因为孤独就成功，如同炼金的人不一定炼得真金，打鱼的人不一定获取锦鲤。任何有意义的事情都与风险并存。无论多么勤奋、顽强、辛苦都不一定获取相应的回报。但成功一定离不开勤奋、顽强和辛苦，而另一个如影随形的伴侣是孤独。

财富会改变一个人，机遇会改变一个人，孤独也会改变一个人。孤独对人格的改变，不是使人委顿或胆怯，而是让他沉静、清醒和忍耐。且不说成功与否，一个人持有沉静和忍耐的品格，就是大收获，胜过真金白银。孤独时，不须怨人，也不须自怨，不妨静静地接受它的锤炼。是的，孤独也是锤炼，尽管寂然无声。孤独如果是一锭墨，一定是蕴含松烟净泉之精华的古墨，光润、宁静，透着说不出的幽香。

# 妙喻人生

*童年是一个谜，少年是一幅画，青年是一首诗，壮年是一部小说，中年是一篇散文，老年是一套哲学。*

◎陈　章

童年是一个谜，少年是一幅画，青年是一首诗，壮年是一部小说，中年是一篇散文，老年是一套哲学。

以上一则人生妙喻，辗转听得，不知是个人巧思，还是集体创作？是"国产"，还是"舶来"？

"儿童散学归来早，忙趁东风放纸鸢。"童年时节，混沌初开，诸事未晓，一切唯凭本能、感性用事。它对外界，外人于它，均不甚了了，故喻"一个谜"。

"少年不识愁滋味。"少年时人初具理性，乍识人生，但童心未泯，天真烂漫，恰恰如多彩多姿"一幅画"。

"青春男子谁个不善钟情，妙龄少女哪个不善怀春？"人生这个阶段，情窦初开，英姿勃发，潇洒浪漫。太阳每天都是新的，心里每天都是热的，对爱情、事业、前程充满憧憬……"一首诗"不足为喻。

"壮年听雨客舟中，江阔云低，断雁叫西风。"步入壮年，对人生、社会、现实已有相当阅历。或一帆风顺，踌躇满志；或经历坎坷，壮志未酬。回首往事，展望未来，谁无万千感慨？没有"一部小说"的篇幅、容量，哪诉得清满腹的酸甜苦辣？

　　人到中年，"曾经沧海难为水，除却巫山不是云"。较之壮年，涉世更深，更上一层境界，平添几许飘逸，此时正好比"一篇散文"。

　　老之将至，两翼飞霜，悟透人生，深知天命。无为者，因悲黄泉路近，老气横秋，哀叹"屈指八旬将到，回头万事皆空"；有为者，自觉来日无多，老当益壮，高歌"八十毋劳论废兴""满目青山夕照明"。如果到达这种境界，无论是前者、后者，都是"一套哲学"。

# 什么是最好的

一千个读者眼中就有一千个哈姆雷特，同样，
一千个人也有一千个判断"好"的标准。

◎徐丹丹

人们都喜欢好的事物，但判断"好"的标准各有不同，一千个读者眼中就有一千个哈姆雷特，同样，一千个人也有一千个判断"好"的标准。

以下是比较典型的判断标准。

## 需要的便是最好的

对公鸡来说，麦粒胜过钻石。

听过这样一个故事，一个乞丐饿了好几天快要死了，一个好心人给了他十个大馒头。他吃了三个馒头后，精神就好多了；他又接着吃了三个馒头，身体便全部恢复过来；之后他又吃了两个馒头，他觉得肚子很饱了；最后他把剩下的两个馒头也吃了，他的肚子撑得大大的，连路也走不动了。十个馒头对于这个乞丐来说具有不同的意义。前三个馒头有救命之恩，接下来的三个馒头有促进体力恢复的作用，再后来的两个馒头有填饱肚子的作用，最后的两个馒头

起到了反作用。从中，我们不难看出前三个馒头对这个乞丐来说是最重要的。

需要的便是最好的。前三个馒头救了乞丐的命，所以它们是最好的。

## 失去的才是最好的

我的朋友梅和新从小学到初中一直都是好朋友，后来却因为一场误会大吵了一架，两人互不理睬。新进了大学后给我写了一封信，谈起他和梅的事情时，后悔不已，希望我帮助他们和好如初。

其实，在我们的生活中这样的事情数不胜数。被许多人认为是钻石的东西却被我们无情地抛弃，然后突然有一天我们良心发现，想再次找回它的时候，便懊悔不已。

失去的才是最好的。但我们所要做的不是失去后懊悔，而是拥有时珍惜。

## 有缺陷的才是最好的

俄国作家车尔尼雪夫斯基说过："在生活的任何领域里，寻求十足的完美都不过是抽象的、病态的或无聊的幻想而已。"人有悲欢离合，月有阴晴圆缺，花有花开花谢，海有潮起潮落，任何一样存在的事物都不会是完美的。有很多人追求完美，但看似完美的东西不一定都是好的。有人说吵吵闹闹是生活的调味剂，缺了它，生活是没有滋味的。我觉得很有道理。

因此有人提出了一个观点："完美是毒，缺陷是福。"

## 别人的总比自己的好

英国有句谚语，"The apples on the other side of the wall are the sweetest"，翻译出来是"隔墙苹果甜"。中国也有此类的谚语，"隔墙果子分外甜"，"人家碗里肉香"。这些谚语都表达了一个意思：别人的总比自己的好。可是我想说："尊重别人的同时也要肯定自己。"有人说过这样一句很富哲理的话："在你羡慕别人的同时你要知道，别人之所以高大是因为你是蹲着的。"

懂得欣赏自己其实很重要。

# 镜子、文章和人生

镜子除了能照出人的相貌，还能照出社会百态、
人情冷暖、人性善恶，可以让人警醒。

◎谭伟明

　　一日，对镜自赏时突发灵感，居然在镜子与文章、人生中找到
了某种对应的关系，便贸然把这三个不相关的词摆在一个题目里，
想借镜子来谈谈人情世故。

　　一曰平面镜，也就是日常使用的那种，可喻一类文章或一类
人。这类人占世人的绝大多数，是如我之类的俗人，只是为生活而
生活，像镜子一样反映出事物的基本形貌，很难有轰轰烈烈的行为
或重大、深远的发现，充其量不过有些生活的小情趣。这类文章广
泛见诸报纸杂志，或偶有所得，或于平凡中发现一点儿新意供人们
消闲解闷儿，作为生活的调剂品，却谈不上启迪智慧和心灵。

　　二曰透镜，也可指一类人或文章。这类人往往是智者、大儒，
诸如孔子、庄子等。他们用哲学来洞穿人性，成为智慧的导师；或
像文学家一样，用心去感受世界，一把抓住生活的真谛，去震撼人
的灵魂。这类文章或书籍就像透镜一样，从不同的角度折射出智慧
的光芒，有着深邃的文化底蕴和历史厚重感。这类著作往往能够开

启人的心灵和慧根，是人类进步的强劲动力。

三曰显微镜（或放大镜）。这类人具有极敏锐的观察力和预见性，能见微知著、一叶知秋、窥一斑而见全豹。商周时期的箕子从一副象牙筷就预测到了商纣王的灭亡，讲的就是这样的道理。纣王登基不久，用象牙筷子吃饭，箕子见之，曰："今王用象牙筷，必不再用土制的杯，而用犀玉杯；必不食粗茶淡饭，要盛珍肴；吃珍肴必要穿华服，居广厦，此则王灭矣。"这类文章往往新颖、犀利，发人所未发，见人所未见。看上去有点儿小题大做、标新立异，甚至是杞人忧天，不易为人们所接受，但倘能引起重视，倒不失为一种警诫。

四曰哈哈镜。这类人往往比较幽默、聪明，他们的眼睛和思维如同哈哈镜，事物在其中都以一种"变态"的形象出现，寓教于乐，让人开怀，却又不失警策、劝诫之意。这类文章著作多为讽喻性的幽默、漫画、杂文、小说等，思想精辟，语言辛辣，使人在"哈哈"中有所感悟，受到教育。

五曰照妖镜，传说中可以使妖魔鬼怪现出原形的镜子。这类人往往具有凛然正气，与社会丑恶现象格格不入，而且思想深刻敏锐，是正义和善良的勇士，是丑恶的天敌。其文章以批判讽刺为主，言辞尖锐，常常是一语破天机，犹如当头棒喝让人清醒、警惕；或一针见血，鞭辟入里，把披在"狼"身上的"羊皮"揭得鲜血淋漓，原形毕露。比如鲁迅，其人其文就是对付反动派的照妖镜，他犹如不屈的斗士，用手中的笔作为武器，用投枪匕首般的文章刺向敌人的要害，揭穿其丑恶嘴脸。

六曰变色镜，这种镜子会根据外在的情况改变自己的颜色，这类人也往往戴着变色镜，就像契诃夫笔下的变色龙，惯会见风使舵、投机钻营，没有高贵的灵魂，没有做人的原则，一切围绕着自己的利益轴心转。这种人多是两面三刀、阿谀奉承之徒，他们信奉"有奶便是娘，有钱（权）便是爷"的人生哲学。这类文章多是一些文人、枪手背叛灵魂、昧着良心炮制出来的逢迎之作，只是一堆文字垃圾。

七曰望远镜。这种人看问题志存高远、高瞻远瞩，比如一些政治家、战略分析家等。他们往往能不被眼前的雾障所迷惑，而是穿透迷雾看到更远更开阔的地方。而且这种远见卓识常常伴随着对当时占主流地位的传统旧势力、旧观念的摒弃与突破。比如，马克思、恩格斯在资本主义强盛时期就发现了其必然灭亡的局限性，看到了共产主义的曙光。而这类著作往往成为指引人类社会前进的航标，对社会发展有着重要意义。

八曰人镜。"以铜为镜可以正衣冠，以人为镜可以知得失"，人镜即由此而来。对统治者而言，这类人往往是敢于直谏的谋士或参谋机构，为统治者的政策、行为分析利弊得失，提出意见，或支持或阻挠或建议，如魏徵之于唐太宗。对普通人而言，这类人则是真心朋友，能够仗义执言，是苦口的良药，是逆耳的忠言，是自己人生道路上的良师益友，弥足珍惜。这类人的文章多为箴言、语录及各种劝谏警示类作品。

世事洞明皆学问，人情练达即文章。镜子除了能照出人的相貌，还能照出社会百态、人情冷暖、人性善恶，可以让人警醒。

# 良心莫瘦

良心是做人最起码的尺度，人生在世，就得时刻摸摸自己的良心，看看自己的处世做人是否有所亏欠。

◎李智红

据《明史》札记记载，有一天，王阳明带领着一班学生到外地去讲学。当他们路经一个村落时，突然听到村里有两个女人正在吵架。

只听其中的一个村妇对另一个高声骂道："你伤天害理，你不讲天理。"

另一个则反唇相讥："我是不讲天理，但你更没良心。"

王阳明听了，便微笑着对学生说："你们都过来听听，这两个女人正在讲'道'呢。"

学生对老师的话疑惑不解，便说："这两个女人明明是在相互谩骂，老师您怎么说她们是在讲'道'呢？"

王阳明慢条斯理地说："这两个女人，一个在讲天理，一个在说良心，不是讲'道'又是什么？"

王阳明紧接着对学生说道："人们如果能够用天理良心来衡

量自己的一言一行，约束自己的心性欲望，就是'道'，而且是大'道'，反之，便是相互攻讦，相互谩骂。"

在我们的现实生活中，也经常可以听到有人指责别人不讲良心，不讲天理。那么良心的定义到底是什么呢？

所谓良心，就是善良之心，慈悲之心，仁义之心，同情之心。良心是一个人正确判断是非的本能，是一个人趋善避恶的品性。良心既是处世做人的根本，又是养育美德的源泉；既是照耀生命的灯盏，又是开启灵魂的慧根。良心孕育出良知，良知生化出良能。所以说，一个有良心的人，一定是一个好人。而好人，既是人类世界的"根"，也是社会生活的"魂"。

民间有个传说：木匠的祖师鲁班，经过一段时间的精心研究，终于制造了一个有生命力的木人帮自己干活儿。那木头人干起活儿来，认真投入，一点儿也不知道疲倦。这件奇事，让早已弃师而去的徒弟王恩知道了。王恩便想方设法，悄悄丈量了师父的木人，然后又依样画葫芦地做了一个。可他制造的木人，无论怎么摆弄也不会动。没办法，他只好硬着头皮，回去向师父请教。鲁班听完王恩的说明后，问道："你尺寸都量对了吗？""量对了。""量头了吗？""量过了。""量脚了吗？""量过了。""噢，那你大概没有量（良）心吧？""师父说对了，我真的没有量心。"鲁班沉下脸来，厉声喝道："王恩，没有良心的人，怎么会有生命力？没有生命力，又怎么干得成大事呢？"

在我的故乡，人们对于那些为人处世很不地道，人格猥琐，心狠手辣，经常干些伤天害理、损人利己、背信弃义、卖友求荣之事的人，有一个非常形象的评价："良心太瘦。"人类是一个不可割离的整体，彼此依存，彼此关爱。如果太自私自利，不讲良心，迟早要被这个群体遗弃。良心是做人最起码的尺度，人生在世，就得时刻摸摸自己的良心，看看自己的处世做人是否有所亏欠。

良心本应该人人皆有，但有的人是被邪念、私欲、贪婪淹没了，腐蚀了；有的人则是被纸醉了、金迷了、灯红酒绿了。良心有了缺失，就需要重新找回。大凡有愧疚心、悔悟心、廉耻心和感恩心的人，都是有良心的人，所谓良知未泯，就是这个道理。

一个人可以没有钱财，没有权势，没有官衔，但不能没有良心。一个人可以有过失，有弱点，但不能对不起良心。苍天有眼，良心莫瘦。

# 该认输时就认输

并不是所有的困难和挫折我们都可以逾越，并
不是所有的机遇和好运我们都可以把握。

◎张守智

　　人们常常赞誉不认输者是好样的，却鲜有人为认输者唱赞歌。生活中需要不认输精神的地方当然很多，但不认输也不是放之"四海"皆对，不少时候我们更应该懂得认输。

　　说应懂得认输，是因为生活中我们不可能时时处处都是"赢家"，是因为凡事如果都死不认输，最后反而会输掉自己。其实，生活中需要认输的地方并不少。

　　人各有所长，亦各有所短，当我们选择不当，或看错了行，或错择了工作，使自己无法扬长避短、发挥优势时，就应该认输，并校正原来的选择。莎士比亚原来是个跑龙套的三流演员，后来他发现自己在表演上无甚天赋、难成大器时，就明智地认了输，改而搞戏剧创作。成龙出道之初扮演的都是冷面凶悍的"硬汉"形象，后来他发现自己不适合演"硬汉"时，就清醒地认了输，并改扮喜剧性人物。

　　当我们知道自己碰到了不可能逾越的困难时，应该认输。并不

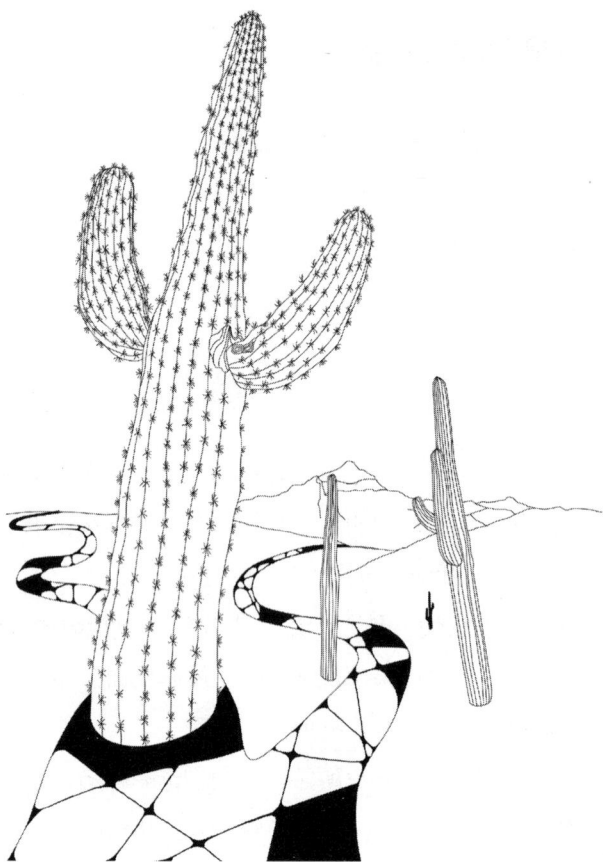

是所有的困难和挫折我们都可以逾越，并不是所有的机遇和好运我
们都可以把握。巴尔扎克梦想着做一个经营有方的商人。他开过印
刷所，还做过其他生意，尽管他颇有经营头脑，但无奈命途多舛，
屡屡受挫，铁的事实让他只得服输，明白自己无法"东山再起"，
于是捡起冷落已久的笔，重操旧业。

认输，就是不要认死理、盲目蛮干，就是不要一味硬撑；认输，就是要善识时务、实事求是。认输，不是为了输掉，而是为了求赢；不是为了赢一时一地，而是为了赢得长远和全局。在需要认输时果断认输，将受益匪浅。

懂得认输，将使我们避开锋芒，避免不必要的牺牲；将使我们以退为进，赢得潜心发展的主动权；将使我们得以冷静下来去认识差距，虚心学习，从而有可能获得成功。柯达公司甘拜富士公司下风，既减少了恶性竞争造成的大量人财物力浪费，又使他们能够根据自己的实际情况制定适宜的发展策略，还使他们老老实实地向富士取经，结果柯达快速发展了，成了和富士不相伯仲的"胶卷大王"。

懂得认输，不是去做吃力不讨好的事情，而是另起炉灶，使我们减少徒劳的空耗，及时调整人生航向，去争取"赢"的机遇和时间，去发挥优势和潜能，夺得成功。

懂得认输，是一种人生哲学，是一种生存智慧；懂得认输，是成功者的必修课，是佼佼者的保健操。

懂得认输，实属不易。认输，需要更新观念，要明白有时认输并非懦弱、窝囊，而是一种清醒和理智；认输，需要有直面世俗的勇气，不畏人言的胆量；认输，更要善于正确地分析和把握形势；认输，还需要勇敢地做出选择，不能优柔寡断。

# 三千步里看人

一个人的素养和品性，总是映现在他细微的形态动作里。

◎张　峰

晚清名臣曾国藩颇有用人之明，曾提拔了左宗棠、李鸿章等名臣。他有着精明独到的判断力，常常能慧眼识英雄，为朝廷发掘了不少的人才。

某次，李鸿章带来三个人请曾国藩任命差遣，当时曾国藩刚吃饱饭，正在散步。他有饭后缓行三千步的习惯，所以那三人就在一旁恭候。

散步之后，李鸿章请他接见那三人，曾国藩却说不必了。李鸿章很惊讶。曾国藩说道："在散步时，那三个人我都看过了，第一个人低头不敢仰视，是一个忠厚的人，可以给他保守的工作；第二个人喜欢作假，在人面前很恭敬，等我一转身，便左顾右盼，将来必定阳奉阴违，不能任用；第三个人双目注视，始终挺立不动，他的功名，将不在你我之下，可委以重任。"

后来三人的发展果然不出曾氏所料，而第三个人就是开发台湾有功的刘铭传。

缓行三千步，不过一小时的光景。就这一小时的光景，决定了三个人的命运。有人也许要说："这曾国藩，也太绝对了吧。"其实，一个人的品性，是可以在很短的时间内从他细微的形态动作中看出来的。曾国藩的高明就在于，他在缓步的过程中不动声色地仔细观察了三个人。这是一场未曾事先通知的考试。因此，三个人的表现也都发乎本性。第一个人低头不敢看曾国藩，显示了此人的胆小、老实与忠厚；第二个人当面一套背后一套，显示出此人的趋奉与虚伪；第三个人"双目注视，始终挺立不动"，一个缺乏毅力和自信的人是做不到这一点的。一叶知秋，这三个人短时间内的表情形态，的确传达出了他们不同的品性。

　　又想起一个现代版的用人故事。北京某高校一位教授带着一批应届毕业生到国务院某部去见习，并由该部部长亲自接待。在部长给这些大学生递茶时，只有一个学生站起身来，双手接过茶杯，说了一声"谢谢"，其他的学生都心安理得地坐着，一副泰然自若的样子。事后，部长打电话给教授，让那位站起身来接茶的毕业生到部里来报到。直到这时，部长才告诉教授，这次接受见习，部里还有一个打算，就是在这批毕业生中选拔一个人。

　　一个人的素养和品性，总是映现在他细微的形态动作里。善于识人者，往往察人以微。曾国藩三千步里的用人之道，该给今日的千里马以什么样的启迪？

# 不立不破

破了不立，破了的还会复原，只有牢牢立起新
的，旧的才会无处安身。

<br>

◎朱华贤

"不破不立"，这是一个大家熟悉的命题，意思是只有"先破"才能"后立"；"旧的不去，新的不来"，旧的、老的东西扔了，才会设法去弄来新的、好的。这话听起来有点儿道理。但是不是所有的事物都是这样呢？事实上，有许多东西恰恰存在着与该命题相反的关系：不立不破。"不立不破"，就是说，新的不立起来，就不能破坏原有的旧东西，即使旧的东西一时破了，过不了多久，又会重复出现。

有这么一个颇值得我们回味的故事：

一位哲学家带着他的学生漫游世界后，坐在郊外一块荒地上说："十年游历，你们已经是饱学之士了。我有一个问题想问问大家，现在你们坐在什么地方？"学生们说坐在旷野上。哲学家又问，"旷野上长着什么？"学生们说长满杂草。哲学家接着说，"现在我想知道的是，如何除掉这些杂草？"

一个学生说："只要有铲子就够了。"哲学家点点头。

<br>

<br>

058

另一个接着说："用火烧也是很好的一种办法。"哲学家微笑一下。

第三个说："撒上石灰就会除掉所有的杂草。"

第四个仔细想了想说："斩草除根，只要把草根挖出来就是了。"

等学生讲完后，哲学家站起来说："你们回去吧，按照各自的方法去除一片杂草，没除掉的，一年后再来相聚；除掉的，就不用再来了。"

一年后，他们都来了，不过原来相聚的地方已不再是杂草丛生，它变成了一片长满谷子的庄稼地。学生们围坐在谷子地旁，等待哲学家的到来，可哲学家始终没来。学生们后来终于明白了老师的用意。

几年后，哲学家去世。学生们整理他的著作时，在最后私自补上了一章：要想除掉旷野里的杂草，方法只有一种，那就是在上面种好庄稼。同样，要想让灵魂无纷扰，唯一的方法就是用美德去占据它。

故事挺简单，但值得我们细细地咀嚼。在旷野地不种上庄稼，谁会专门为除草而去除草呢？只有种上庄稼，才会因收获的诱惑而乐此不疲，而勤勤恳恳。故事或多或少带有点儿虚拟色彩，可它确实又是现实生活的一种折射。种庄稼如此，做人、养性、立志等何尝不是如此呢？

有这么一个青年，文弱而腼腆。他高中毕业后，没考上大学，于是去找工作，可理想的找不到，不理想的又不愿做，便仗着家里经济宽裕，一直闲在家里。因无事可做，就和一些不三不四的人混在了一起，渐渐地染上了酗酒和赌博的恶习。父母觉察后，给以严厉的批评，他当场表示要改。可没正当的事情可做，无聊得很，没多久，他又重新参与了赌博，而且赌注更大，赌输后，就偷父母的钱。父亲发现后，先严厉训斥，再施以重拳，打得他嗷嗷直叫，大声求饶。这样，父亲以为他总不会再去参赌了。谁知，不出一月，他又去赌了，赌资是从舅舅那里骗借来的。父母忍无可忍，只得把他反锁在家。一位居委会干部得知这件事，来了解具体情况。当居委会干部知道他能写会画后，就先让他帮助居委会搞宣传活动。他设计和制作的一块黑板报在市里的评比中竟获得了一等奖。之后，在居委会干部的鼓励下，他去省里参加了为期一年的美术书法培训班，水平提高很快，许多广告公司都争着要他。现在，他已到市电视台的广告部工作，并决心在这方面创造辉煌，成就事业。至于赌博这株杂草，在他的头脑里早已没有生长的地方了。

不破不立，强调的是破的重要；不立不破，强调的则是立的重要。两个命题可以同时成立。由此看来，破与立之间，充满着深刻的辩证法。但有一点我们必须明白，那就是：破了不立，破了的还会复原，只有牢牢立起新的，旧的才会无处安身。

# 学会不在意

一件事，想通了是天堂，想不通就是地狱。既
然活着，就要活好。

◎杨健平

　　有一对夫妇，吃饭闲谈，妻子也是兴致所至，一不小心冒出一句不太顺耳的话来。同样不料，丈夫细细地分析了一番，于是心中不快，与妻子争吵起来，直至掀翻了饭桌，拂袖而去。

　　在我们的生活中，这样的例子其实并不少见，细细想来，当然是以小失大、得不偿失的。我们不得不说，他们实在有点儿小心眼，太在意身边那些琐事了。其实，许多人的烦恼，并非由多么大的事情引起的，而恰恰是来自对身边一些琐事的过分在意、计较和较真儿。

　　比如，在有一些人那里，别人说的话，他们喜欢句句琢磨，对别人的过错更是加倍抱怨；对自己的得失喜欢耿耿于怀，对于周围的一切都过于敏感，而且总是曲解和夸大外来信息。这种人其实是在用一种狭隘、幼稚的认知方式，为自己营造着可怕的心灵监狱，这是十足的自寻烦恼。他们不仅使自己活得很累，而且也使周围的人活得很无奈，于是他们给自己编织了一个痛苦的人生。

要知道，人生中这种过于在意和计较的毛病一旦养成，天长日久，许多小烦恼就会铸成大麻烦。

其实，在这一点上，古代的智者早已有了清醒而深刻的认识。

早在两千多年前，希腊政治家伯里克利就向人们发出振聋发聩的警告："注意呀，先生们，我们太多地纠缠小事了！"以后，法国作家莫鲁瓦更是深刻地指出："我们常常为一些应当迅速忘掉的微不足道的小事所干扰而失去理智，我们活在这个世界上只有几十个年头，然而我们却为纠缠无聊琐事而白白浪费了许多宝贵时光。"这话实在发人深思。可见过于在意琐事的毛病已经严重影响了我们的生活质量，使生活失去光彩。显然，这是一种最愚蠢的选择。

从我国台湾地区定居祖国大陆的百余岁老人陈椿，有一句话说得极妙："一件事，想通了是天堂，想不通就是地狱。既然活着，就要活好。"

其实，有些事是否能引来麻烦和烦恼，完全取决于我们自己如何看待和处理它。所谓事在人为，结果就大相径庭。因此美国的心理学家戴维·伯恩斯提出了消除烦恼的"认知疗法"——通过改变人们对于事物的认识方式和反应方式来避免烦恼和疾病。这就需要我们首先学会不在意，换一种思维方式来面对眼前的一切。

不在意，就是别总拿什么都当回事，别去钻牛角尖，别太要面子，别事事较真儿，别把那些微不足道的鸡毛蒜皮的小事放在心上，别过于看重名与利的得失；别为一点儿小事而着急上火，动辄大喊大叫，以致因小失大，后悔莫及；别那么多疑敏感，总是曲解别人的意思；别夸大事实，制造假想敌；别把与你爱人说话的异性

都打入"第三者"之列而暗暗仇视之；也别像林黛玉那样见花落泪，听曲伤心，多愁善感，总是顾影自怜。

要知道，人生有时真的需要一点儿傻气。

不在意，也是在给自己设一道心理防线。不仅不去主动制造烦恼的信息来自我刺激，而且即使面对一些真正的负面信息、不愉快的事情，也要处之泰然，置若罔闻，不屑一顾，做到"身稳如山岳，心静似止水"，"任凭风浪起，稳坐钓鱼台"。

这既是一种自我保护的妙方，也是一种坚守目标、排除干扰的良策。我们的精力毕竟有限，假如处处纠缠琐事，被小事所累，我们的一生必将一事无成。

不在意，也是一种豁达、大度与宽容。海纳百川，有容乃大。没有宽广的胸怀和气度，是很容易流于琐屑与平庸的。当你实现了豁达与宽容，自然会变得轻松与幽默，从而洋溢出一种性格的魅力。

不在意，最终体现的是一种修养，一种高贵的人格，一种人生的大智慧。那些凡事都与人计较、锱铢必争的人，自以为很聪明，其实是以小聪明干大蠢事，占小便宜争大烦恼。而不在意，乃是不争之争，无为之为，大智若愚，其乐无穷！

不在意的人，是超越了自我的人，也是活得潇洒的人。因为没有了琐事的羁绊和缠绕，也就使身心获得了解放，自有一片自由的天地任你驰骋。

当然，不在意并不等于逃避现实，不是麻木不仁，不是看破红尘后的精神颓废和消极遁世，不是加缪笔下对什么都冷若冰霜、无动于衷的"局外人",而是在奔向人生大目标途中所采取的一种洒脱、放达、飘逸的生活策略。

倘能如此,你自然会拥有一个幸福美妙的人生。如此看来,性格,是决定命运的。

# 当我相信时，它就会发生

处在绝境中的人有一个信念在支撑，他们才得
以活下来。

◎周振宇

在美国，有个名叫亨利的青年，已经三十多岁了，却依然一
事无成，整天只会坐在公园里唉声叹气。有一天，他的一位好友兴
高采烈地找到他："亨利，我看到一份杂志，上面有篇文章讲的是
拿破仑的一个私生子流落到美国，而他儿子的特征几乎和你一样：
个子很矮，讲的是一口带有法国口音的英语……"亨利半信半疑，
但是他愿意相信这是事实。在他拿起那份杂志琢磨半天之后，他终
于相信自己就是拿破仑的孙子。之后，他对自己的看法竟完全改变
了，以前，他自卑自己个子矮小，而现在他欣赏自己的正是这一
点："个子矮小有什么关系！当年我祖父就是凭这个形象指挥千军
万马的。"过去，他总认为自己英语讲不好，而今他以讲一口带有
法国口音的英语而自豪。每当遇到困难时，他总是这样对自己说：
"在拿破仑的字典里没有难字！"就这样，凭着自己是拿破仑孙子
的信念，他克服了一个又一个困难，仅仅三年，他便成为一家大公
司的总裁。后来他派人调查自己的身世，却得到了相反的结论，然

而他说："现在我是不是拿破仑的孙子已经不重要了，重要的是我懂得了一个成功的秘诀，那就是：当我相信时，它就会发生！"

读这个故事的那一年，我读高二，且是第二学期，对于能否上大学，那个时候可以说正是转型期，因为之前的我一直没敢奢望能上大学，而是一直沉浸在自己身体有缺陷的阴影里。直到读了亨利的故事，我对待人生的态度方有了彻底的改观。从故事里，我读懂了有信念是迈向成功的第一步。诚然，不能说有了信念，就能达成所有的事情，可是，如果没有信念，则什么事也做不成。亨利就因为心中有一个信念，并坚信拿破仑的孙子做任何事情都不会很难，所以他才有了成功。从那天起，我心里也有了一个信念，那就是身体的缺陷并不能阻止成功，拿破仑、亨利就是一个很好的例子。也从那天开始，我为了信念而去努力拼搏。

一年后，我上了省城的重点大学。到大学校园后，我仍没放弃信念，也没松懈为信念而拼搏，四年过去，我又成了一名硕士研究生。今天的我，仍身在校园，心里早已没了昔日因身材矮小的自卑。近年来，我曾多次参与省内多项重点科研项目、课题的研究与实践，并顺利通过了鉴定；先后两次参与国家"863项目"的攻关，并且都取得了很好的成绩。虽然，这些离我现在的奋斗目标还很远，但无疑是信念，让我有了今天的成就！是信念，使我有了今天的欣慰！

在平面几何学上，大家都知道"两点之间，以直线距离最短"的公理。就人类而言，显然并不这么单纯。每个人的环境背景各自不同，尤其因为心理上的对峙、消沉因素，大多会因一时的迷茫、惆怅走很多弯路。这就好比富士山只有一座，但登富士山有多种不同的路径，而能登多高或能否登到巅峰，则完全取决于你是否有信念。

信念的力量有多大？这是一个无法估量的结果。或许从亨利成功后的话语里，可以领略一点儿。"当我相信时，它就会发生！"你肯定从电视、报纸等媒体的传播中得知人类曾创造了很多生命奇迹的真实故事。譬如，于沙漠中遇难在不可能的情况下幸存，于地震后不吃不喝中挑战生命的极限……这些故事都有一共同点：处在绝境中的人有一个信念在支撑，他们才得以活下来。

人生是船，信念是桨。人生是树，信念是根。没有船桨的划动，船就会停滞不前；没有根系的支持，树就无法高耸云霄。也许你从电视上看过我国残疾人艺术团在肯尼迪艺术中心的演出，那么你一定还记得那五位独腿的舞者，他们是残疾人，却在台上做出了很多正常舞蹈演员很难做到的高难度动作。整场舞蹈，悲怆中透着激昂，生命的韧性在他们身上得到了极度的展现。演出结束后，曾有多个国家的记者当场采访了他们，问他们这些动作是怎么练就的？点头默契后，他们异口同声地说："残疾人也有可取之处的信念，让我们有了今天！"

当你处在人生的低谷，因自己某方面的缺陷而自卑时，不妨常对自己说："相信自己明天就会有所作为！当我相信时，它就会发生！"

# 不可轻言放弃

*幸运女神总是垂青于那些面对困难不退缩、身陷逆境不颓丧的强者。*

◎杨协亮

《圣经》里有不少充满哲思的故事，下面就是一个：

两个旅人，因缺水而被困在沙漠里。

没有水，就等于把生命交给死神，唯一生存的机会就是找到水。一个旅人把自己的水袋交给同伴，嘱咐其一定要耐心等待他找水回来，并拔出一支手枪说："里面有五颗子弹，每隔一小时你就向天空开一枪，这样我就不会迷失方向，找到水便能循着枪声返回来。"

四小时过去了，手枪里仅剩下最后一颗子弹，找水的旅人还是不见踪影——是被风沙吞没了，还是找到水后离去了？一种深深的恐惧和绝望吞噬着同伴的心，在精神快要崩溃的一瞬间，他把第五颗子弹射进了自己的胸膛……其时，找水的旅人已向一位赶骆驼的老人讨到了水，而当他循着最后的枪声回来时，见到的是同伴的尸体。

故事颇启人深思：坚持与放弃，人生有时只差了那么一点儿，结果就截然相反。

读完这则圣经故事，18世纪英国政治家艾蒙特·柏克的一句话就回响在耳边："永远不要绝望。就是绝望了，也要在绝望中努力。"人的一生，难免会有灰心消极、颓丧绝望的时候，只要学着坚强一点儿，咬紧牙关挺一挺，"冬天来了，春天还会远吗？"一切都会好起来的！西方哲学家穆罕默德说过："上帝和坚持的人在一起。"你应该相信：幸运女神总是垂青于那些面对困难不退缩、身陷逆境不颓丧的强者。

人生永远不可轻言放弃，坚持就是胜利。有一首歌："走过去，前面是个天……"是呀，茫茫黑夜里只要不被风霜雨雪击倒，漫漫长路上只要不被艰难险阻吓倒，孤身逆旅中只要不被磨难和凶厄扳倒，那么，生命的艳阳天就在前方等着你……

# 好厨师，一把盐

在生活、工作以及为人处世中，我们都在自觉
不自觉地扮演着一个个"厨师"的角色。

◎王延群

　　儿时伙伴牛娃是一名出道很久的厨师，多次捧回名厨大奖，在
一个巴掌大的小县城里被誉为"状元厨"。前不久，几位多年没见
过面的老同学偶然相遇，由我"做东"，很荣幸地请到状元厨掌勺。

　　平常的主料，平常的配料，平常的调料，经状元厨一调度，色
香味俱佳，大家胃口大开，吃得有滋有味。酒酣耳热之际，我问：
"牛娃兄，怎样才能当一个好厨师呢？"牛娃兄随口扔出一句："好
厨师，一把盐。"

　　见满桌人大惑不解，牛娃很平静地说："好厨师，一把盐，
意指在煎、炒、烹、炸、蒸、煮、煨的过程中，用盐的多少、用盐
的时机最有讲究。因为饭菜都要讲究色、香、味，其中味是关键，
而盐的多少直接影响着味。比如安排一场比较人的筵席，上最后一
道汤的时候，资深的厨师往往不放一点儿盐，食客反而觉得味道鲜
美。因为前面的菜已是五味乱舌，从而使最后的清淡变成了美味，
所谓'大味至淡'。"

真想不到，在做饭菜之中还蕴藏着如此深刻的哲理。

忽然想到人生。其实在生活、工作以及为人处世中，我们不都在自觉不自觉地扮演着一个个"厨师"的角色吗？我们每日每时，都要面对各种事物、各种人际关系、各种问题和矛盾，在这过程中，我们必须从纷繁芜杂中理清主料、配料、调料，从复杂中找到解决矛盾的关键——"一把盐"，然后适应对象，把握分寸，瞄准时机，该出手时就出手。这样，人际关系才能调和得水乳交融，矛盾才能解决得及时彻底，事情才能处理得得心应手。

# 修身养性

  养身必先养心，修身必先修行，做事必先做人。大凡成功人士概莫能外。心性需要修养，就像生命需要滋润；心灵需要修缮，就像容貌需要美容。要成就一番伟业，活出精彩人生，定要不断加强自我修养，提升自我品性，从我做起，从现在做起……

# 假设死亡

我这才知道，对于这个世界，对于我所爱的人，
对于我的亲人，对于我的朋友，原来有着这么
多的缺欠。

◎苏三皮

假设，我正躺在床上，死神一步步地走近，明天我将死去。

我想，在死亡之前，我总得做些什么吧？我突然忆起，先前答应给儿子买一辆遥控电动车，而我总是推说忙，一直没有买。因此，儿子常在楼梯道口等着我下班的脚步。看到我两手空空，他总是一副失落的表情。所以，在我死去之前，我要给儿子买一辆遥控电动车，不然，那将是我永远的遗憾。

让我再想想，我还有什么要做的呢？对了，我得回家看一看母亲。母亲今年八十有九了，左耳失聪，眼睛又患有白内障，早就欠缺了光明。在死去之前，至少我得和母亲道一个别吧？应该的。我又想起，每当冬天，母亲的手总是布满冻疮，沾不得水。因此，我得给母亲买一盒一次性手套，当然还有一瓶护肤霜。

我还得再想想，总不能给自己留下遗憾吧？嗯，妻子曾经说过，要与我去华山游览一回。可我总是因为这样那样的事务而推掉

了，总认为我们还有很多时间，什么时候去都不迟。既然我明天就要死去，那么就让我死在华山吧。我会偎依在妻的臂弯里，慢慢地，慢慢地停止呼吸，像睡着一般。

还有哇，朋友曾经让我帮他一个忙。朋友买房子时还差两万元，曾向我借钱，被我婉言拒绝了。因为我担心朋友不会还。我突然感到自己十分卑鄙，竟用小人之心去度君子之腹。既然我明天就要死去，那么钱财对于我，还有什么意义呢？我必须马上就去办这件事，不然我的灵魂一辈子都不会得以安宁。要知道，他可是我最要好的朋友哇。

我还必须亲自去跟我的领导道一个歉，虔诚地说一声对不起。因为我的福利问题一直得不到解决，我曾经为此当众骂了我的领导。我的辱骂，给领导带来了一定程度的负面影响，甚至给领导的工作制造了障碍。既然明天我就要死去了，那么我就应该放下所有的面子来恳求领导的原谅，并且告诉他，自从骂了他之后，我的内心一直没有好受过。

当然，还有那个在火车站拉住我衣角乞讨的小女孩儿，我会毫不犹豫地掏出一元、两元或者五元钱，还会和蔼地对她说："小妹妹，这些钱，你就拿去买些吃的吧。"我还会告诉她做人的道理，那就是人穷不能志短。至于她能不能明白，这不重要，重要的是我终于在有生之年帮助了一个需要我帮助的人。

我还会去打打篮球，或者游泳，总之我很久很久没有做运动了。要知道，以前要是一天没有运动，我的心便像被无数只蚂蚁啃咬一样痛痒。可是后来，我竟搁下了，一下子就过去了几十年。我有什么理由不去运动呢？去，一定得去，直到流干汗水为止，好让几十年的缺憾得到补偿。

……

天哪，此刻我的心绪竟如此清静，如数家珍地忆起了我所有想做而未完成的事。我还没有统计完全，就已经有了十件、二十件、三十件……一件件地不断在我的眼前跳跃而过。我这才知道，对于这个世界，对于我所爱的人，对于我的亲人，对于我的朋友，原来有着这么多的缺欠。

我叹了一口气，还好，只是假设死亡。那么，所有的事让我明天就去做吧。

# 最美是在随意间

也许在我们不经意地眨眼之间，那朵最美的生
命之花，已绚然绽放。

◎感　动

　　前几天，与初学摄影的同事一起去拍杂志的封面人物照片。为
了拍好，我让女模特儿摆出各种姿势。坐着的，站立的，挥手的，
思考的……同事在一边不停地按动快门。拍摄时间整整两小时。同
事疲惫地说，背包里的几盒胶卷都用光了。而我看出那位饱受折腾
的女模特儿也有些厌烦。

　　从这一百多张照片里选择一张，这范围足够大了。我向她做了
一个结束的手势。听到这句话，她松了口气，全身松弛下来，然后
斜坐在椅子上打一个重要的电话。这时，我又听到了按动快门的声
音，同事说，这是最后一张。

　　把照片全都冲洗出来后，我们请编辑部所有人一起来选择封面
照片。结果大家的目光不约而同，都聚焦在那张打电话的照片上。
大家给出的统一意见是：表情自然、不僵化，举止不做作，有一种
随意之美。

　　听了大家的评价，我和摄影的同事都很尴尬。没有想到，两个

小时的艰苦付出，竟被最后那随意一拍全部否定了。

还曾看到一段历史，也是关于随意的。说东晋永和九年（公元353年），大书法家王羲之与一群文友来到兰亭修禊，举行了一次别开生面的诗歌会。一群文人雅士环水而坐，并将酒杯置于清流之上，任其漂流，最后酒杯停在谁的前面，谁就即兴赋诗，否则罚酒。在这次盛会上，王羲之兴致极高，他将所有人的诗汇编起来，并乘兴当场信笔作序。这就是后世闻名的《兰亭集序》。

事后，当王羲之再次看到《兰亭集序》时，竟惊叹不已。他没有想到，这幅随意而成的书帖竟然超过了从前所有的作品。王羲之一生用心写过不少字帖。当时曾有人千金求其一字。但与《兰亭集序》比起来，却无法相提并论。后来，王羲之又写了很多书帖，力求能达到《兰亭集序》的境界，但皆未能企及，王羲之在终老时忽然悟到，书法的最高境界，原在随意之间。

人生至境是随意。刻意处世者，所见世界纷繁复杂如群星点点，穷于应付却左支右绌。随意而为，则只有朗月在天，万里澄明。

随意，才会不着痕迹，流畅顺利；随意，才能不为物所役，不为名所累；随意，才会潇洒淡泊，快乐无忧。

不妨随意，也许在我们不经意地眨眼之间，那朵最美的生命之化，已绚然绽放。

# 剁 时 间

把时间切得那么精细那么精准的人，不是哲学家就是数学家，不是化学家就是物理学家，总之，一定会是一个大家。

◎刘诚龙

我十一点半的时候上网打开QQ，看到一位陌生的老朋友也挂在网上，顺手给她发了一条问候："中午好！"那头传过话来："不对，是上午好！"我说现在不是中餐吃饭时分了吗？她送上一张怪脸说："还是老兄时间概念强啊，我白天的时间只有两段，上午与下午。"这其中对我的奚落成分有多少呢？我酸酸地说："还是小妹好啊，年轻，时间大把大把，把时间分段也比我们粗，'时'大气粗！哪像我们，时间越来越少，当然也就精打细算，一段时间做多段来剁呀。"

忽然想到，时间真的是可以剁的，是可以剁成一段一段的，是可以剁成一节一节的，是可以剁成一把一把的，是可以剁成一尺一尺的，是可以剁成一寸一寸的，甚至可以剁成一毫一毫的，甚至可以把它剁成时间酱的。比如一天，我们可以先剁成两截：昼与夜。其中昼呢，可以剁成上午、下午，还细细地剁呢，可以剁成早晨、上午、中午、下午，再细细地剁呢，可以剁成黎明、清早、早晨、上半上午、下半上午、中午、上半下午、下半下午、傍晚。而夜呢，我们老祖宗给剁成了一更、二更、三更半夜，闻鸡起舞是在五更吧？

一年剁成四节，每一节又剁成三个月。三个月呢，春天被剁成初春、仲春、晚春，夏天、秋天都大刀相剁，结了厚厚一层冰的冬天，也被利刃切成多块。一月呢，又剁成上旬、中旬、下旬。在旬与旬之间呢，上旬剁一节，下旬剁一节，又剁成完整的新节疤，一个星期，或者叫作一个礼拜。

十年被剁成一个时代，百年被剁成一个世纪，千年呢，人类不知道怎么剁了吧？那就想当然地乱剁一气，剁成古代、近代、现代、当代，这剁法也许像一个刀法不准的没出师的毛头屠夫，剁得多不均匀！一个现代，不过几十年，而古代却数千年上万年呢！时间可以任意来剁，掌握权力的人，可以乱剁，你看二月份呢，被几个人各剁去了一天。而当时没权力却有能力的人，也都可以给自己剁一大截，秦始皇一刀下去，为自己及儿子剁了一个几十年的秦代；刘邦下手更狠，多剁多占，剁了四百多年给自己家族，还专门为时间起了个名字，名曰汉朝。这是某某某时代，那是某某某时代，好像在时间里带刀的人都可以猛砍一刀几剑，剁一段归己，难怪在时间的光影里闪动着许多的刀光剑影。

在我们祖宗那里，时间被剁得比较粗疏，但也比较浪漫。春夏秋冬，这四节剁得多美多漂亮！一天呢，也剁得不大不小，不长不短。他们不用刀剁，而诗意盎然地运用阳光来切割，没有小时，只有时辰，一天分为十二个时辰，先人的生活比我们过得悠然，而现在科学家用精细的解剖刀甚至用激光刀与纳米刀来切，时间切得多么的碎呀，一天二十四小时，一小时六十分钟，一分钟六十秒。想来，这应该切到底了吧，切到见时间的分子了吧？不，还要切，刘翔的成绩被切到零点零几秒。我们老祖宗看时间，我们是听时间。老祖宗看太阳在树影间移动，在太阳地慢慢移动中感受时间的从容与淡定；我们把时间挂在壁上，嘀嗒嘀嗒，响个不停，那嘀嗒的声响催人哪，急人哪，时刻在你耳朵旁聒噪不休，你不感到紧张吗？你不觉得心惊肉跳吗？我们为什么那么气浮，我们为什么那么烦躁，也许是那些碎嘴碎舌的时间给闹的吧！

把时间剁得粗一点儿好，还是碎一点儿好？这恐怕没谁说得准，超脱而逍遥的人也许喜欢剁得粗吧，神仙下一盘棋，一盘就下百年，那也是爽啊；勤奋而上进的人也许喜欢碎一点儿吧，童年过了，青年过了，中年过了，老之将至了，如果这么粗疏来给自己剁时间，那么这样的人生瓜藤上难得挂几个果。猪八戒把三千年的人参果一口就囫囵吞了下去，什么味道都不知道；对于勤劳的人，若有人把他的一生切成年谱那么短、那么细、那么一节一节，那他多欢喜。

而时间是一条充满无限活力的蚯蚓。科学家说，蚯蚓可以剁成多节，还可以活，但最多不能超过五节，不能无限制地剁下去。而时间呢，随便你怎么剁，随便你剁成多少节，依然生机勃勃。每一节时间都是活的，或者说，在每一节时间里，你都可以活力四射，做你想做的事，出你想出的成绩，而反命题也成立，你可以在每段时间里，不做任何事，不出任何成就。大多数人以为夜晚是死的，但毛泽东喜欢在夜里干活，他的夜晚也就光芒四射。大多数人以为，一秒的零点几，根本就没有生命力，但刘翔就是在那一瞬间里让人生飞翔。把时间切成零点零几秒后，也许没办法再下刀了吧？不，高手别有刀法，欧阳修有"三上"，比如他在马上还可以吟诗，时间不能两切或切两段时，他可以让时间两载或者多载啊。无疑，这也是把时间多切了几段。

海涅曾经非常佩服康德切割时间的刀法。他说当时康德在哥尼斯堡大学当教授，他看到康德每天早晨走到绿树成荫的小路旁的那棵菩提树边，那时间一定是六点半。有次海涅在六点三十五分，才看到康德走到那棵菩提树旁，十分惊讶，后来发现原来是自己家里的钟表快了五分钟。海涅说，把时间切得那么精细那么精准的人，不是哲学家就是数学家，不是化学家就是物理学家，总之，一定会是一个大家。康德是哲学家。

卡耐基在教人如何成功的书里，专门写了一章，教我们怎样运用时间，其实也是教我们如何剁时间。他在《活在今天》里给了我们十条建议，其中第八条是：今天我要制订计划，我要计划每小时做的事。可能不能完全遵行，但我还是要有计划，为的是避免仓促与犹豫不决。第九条是：今天我要给自己保留半小时轻松时间，我要用这半小时祈祷，想想我人生的远景。

# 大气大成

在这个时代里，要修好你的大气，非大气无以
驾驭，非大气无以大成！

◎苗向东

人格魅力中有一种成分叫大气。大气是内心世界的一种外在表现，是一个人综合素质对外散发的一种无形的力量。它是通过言谈话语、举手投足、穿着打扮透露出来的内心世界、文化修养和人生态度，是一个人的气质或气度，是一种人类值得赞美的优秀品格。

常言道：读大家之书，做大气之人。大气者，犹如灯下览图，胸纳五洲四海；如月夜过溪，脚踩满天星斗。泰山崩于前而面不改色是种大气，饿死不食嗟来之食是种大气，英勇就义呼出"人生自古谁无死，留取丹心照汗青"是种大气。大气是长城万里，长江川流不息；大气是海阔天空，虚怀若谷。大气如暴雨注地、江河泄流，一气呵成，气贯长虹。

大气是一种气势。心若大海容风雨，志如高山纳藓苔。当我们吟读苏轼的著名词句"大江东去，浪淘尽，千古风流人物"的时候，就会感觉到一种蓬勃的气势，一种超然世外的辽阔，一种发自内心的旷达。毛泽东青年时代就咏出了"独立寒秋，湘江北去……问苍

茫大地，谁主沉浮"。红军被迫长征，爬雪山，在那么恶劣的条件下，毛泽东居然可以吟咏出"五岭逶迤腾细浪，乌蒙磅礴走泥丸"的诗句，其气魄如雄鹰亮翅高天，俯瞰苍茫大地。

大气是一种态度。大气的人有自身立身标尺，对人对事，坦荡直率，站起来堂堂正正，放弃时毫不犹豫；追求时持之以恒，不达目的决不罢休。对了就是对了，错了就勇于去检讨，不文过饰非。面对他人的评价议论，好言不沾沾自喜，恶语姑且听之，不急不躁，明了浊者自浊，清者自清。

大气是一种睿智。大气是总能站在高屋建瓴的角度去看待问题，让人感觉厚重，像一本好书，内容让人荡气回肠。正所谓，高瞻远瞩。大处清醒，分清主次轻重，原则问题寸步不让；小处不计较，该舍弃的舍弃。纵横驰骋于天下，不在乎一城一池的得失，两眼向前，绝不会前怕狼后怕虎，不会被过去纠缠，不会被已有的条条框框捆住手脚，患得患失。对于失败、困苦，只当作是对自己的磨炼，不会被生活的风雨雷电击倒。

大气是一种气概。李白是诗人，发出"天生我材必有用，千金散尽还复来"的感慨；毛泽东是政治家，展现"天翻地覆慨而慷"的气魄；奥运会冠军刘翔在取得110米跨栏冠军身披国旗一跃登上领奖台时展现出的那种霸气，都表现出了一种大气。

大气是一种忍让、一种淡泊，是一种谦虚、一种境界，是一种精神、一种修养，是一种学识、一种宽容、一种力量。

放眼全球，我们面对的空间无边界，资源无边界，发展无边界，真正是天高任鸟飞、海阔凭鱼跃。在这个时代里，要修好你的大气，非大气无以驾驭，非大气无以大成！大道冲天，大气大成。因此，我们要视野大气，像比尔·盖茨一样"戴着望远镜看世界"；胸襟大气，像歌德说的"比大海更广阔的是天空，比天空更广阔的是人的胸怀"；思路大气，像牛顿一样看到苹果落地就想出了万有引力定律。还有理念大气、行动大气、思路大气、本事大气，大气做人、大气谋事，以大气人生姿态走向大成人生彼岸！

# 只缘心中有马

心中没有竹子，心中没有奔驰的骏马，你怎么
可能画出好竹子，怎么可能雕刻出骏马？

◎唐剑锋

北宋画家文同，字与可。他画的竹子远近闻名，每天总有不少
人登门求画。

文同的竹子为什么与别人不同呢？原来，为了画好竹子，文
同在自己的房前屋后种了各种各样的竹子，无论春夏秋冬、风霜雪
雨，文同先生都去竹林观察竹子的生长变化，琢磨竹节的长短粗
细，叶子的颜色、形态，每当有不同的感受，文同先生就会回到书
房，把心中的印象画在纸上。

就这样，天长地久，日积月累，竹子在不同的季节、不同的
天气、不同的时辰的形象，都深深印刻在文同先生的心中。俗话说
"功夫不负有心人"，每当想画竹的时候，只要凝神提笔，平日里
观察到的竹子不同的"映像"就会浮现在眼前。因为心中有竹，有
不同竹子的"映像"，文同先生才能在画竹的时候，画出形象逼真
的竹子，达到艺术的最高境界。

心中无竹，谁能画出好竹子？

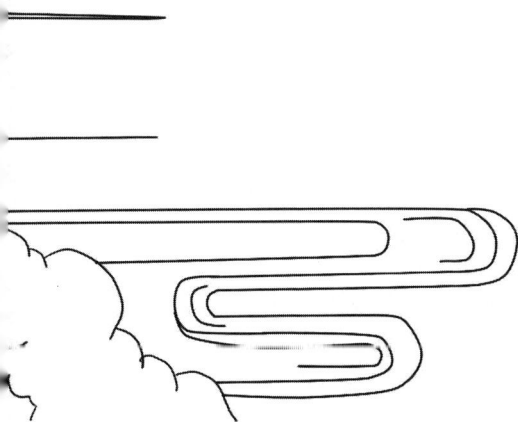

别说心中无竹，就是心中有竹，因为观察得不细，没有体会到竹子细微的不同，也不可能画出上好的竹子。

古时有"胸有成竹"的典故，今天有"心中有马"的启示。

在一座城市，一位雕刻家正在全神贯注地工作，他挥舞着手中的刻刀，一刀一刀地雕刻着一块大石头，一个男孩儿在一旁好奇地看着。渐渐地，渐渐地，雕像从石头中显示出自己的形状：高昂的马头、奔驰的四蹄、飞扬的马尾……最后，一匹骏马呼之欲出。男孩儿看呆了，很惊讶、很天真地问雕刻家："您怎么知道石头里藏着一匹骏马？"雕刻家很认真地对男孩儿说："其实，石头里什么也没有，但我心里有马，就把它雕刻了出来。"原来，马在心中，不在石头里。

其实，我们的工作，我们的生活，乃至我们的一生，不就是一个完整的雕刻过程吗？

嘀嗒、嘀嗒，前进的时钟，就是一把锋利无比的"刻刀"，每分每秒，每时每刻，都在一下一下地"雕刻"着我们每个人心中的"竹子"，心中的"骏马"，心中的梦想，直至心中的这个梦想最终在自己的努力和拼搏中变成"竹子"的模样、"马"的形状。这个完整的"雕刻"过程，就是我们走向未来的过程，就是我们实现理想的过程，就是把梦想变成现实的过程。

成就事业，就得下文同先生那样的功夫，就得像城市雕刻家一样，心中有物、有形象、有奔驰咆哮的骏马。把自己关在屋子里画竹，能画出形态各异、形象逼真的竹子吗？心中有竹，通过下苦功夫，你才可能画好竹子；心中有马，你才能一刀一刀"把石头变成马"。心中没有竹子，心中没有奔驰的骏马，你怎么可能画出好竹子，怎么可能雕刻出骏马？

目标"逼"人奋斗，心中"有马"使人成功。像文同先生那样刻苦观察竹子不同季节、不同天气、不同时辰的变化，尽管只是奋斗的细节和过程，然而，却是成功的奠基石。

# 美妙的“一点儿”

少一点儿减兴，多一点儿败兴，不多不少的那
一点儿无疑助兴了。

◎水丰月

冰冻三尺，非一日之寒；千里之堤，溃于蚁穴。世间万事万物，其量变到质变的巨大更替，无不由一点一滴的积累与一点一滴的朽败而成。

就人生而言，立身、处世、成才、交友、做事、生活等诸方面，多付出一点儿，多用一点儿真心，便会进一步得窥生活的真，收获生活的美，享受超有所值的一切。

多一点儿安静不是木讷，多一点儿淡然不是慵懒，多一点儿沉稳不是怯懦，多一点儿随意不是放浪，多一点儿谦让不是虚伪，多一点儿自处不是清高。多思一点儿已过，少论一点儿人非，内敛、安逸、大度、睿智，收放自如方显人的学识与修养。

世本无事，庸人自扰。追逐名利的心思少一点儿，烦恼自然少一点儿；关注社会、关注弱势群体的爱心多一点儿，离真、善、美的境界就近一点儿；与人的沟通多一点儿，情感就会融洽一点儿；不戴面具，任何时候、任何场合都以专一身份直面一切，本色就会

多一点儿。

借口少讲一点儿，度量放大一点儿，嘴巴学甜一点儿，脾气放小一点儿，行动快捷一点儿，效率放高一点儿，笑脸多露一点儿，脑筋灵活一点儿，闲话少说一点儿，实事多做一点儿，成功、成才的时刻就能早一点儿到来。

君子之交淡如水。真诚的一点儿帮助，热情的一点儿关心，淡淡的一点儿祝福，浓浓的一点儿问候，远远的一点儿思念，近近的一点儿鼓励，交谈温和一点儿，相处体谅一点儿，会让友谊之树常青、友谊之花常艳。

与人共事，多想一点儿，多做一点儿，多准备一点儿，多坚持一点儿，多体验一点儿单调，多品尝一点儿寂寞，多吃点儿苦，多流点儿汗，势必会经验多积累一点儿，才华多显露一点儿，美德多闪亮一点儿。

生活中，平平淡淡才是真。凡事应拿得起放得下，不攀比、耻笑他人。多一点儿关爱，多一点儿微笑，身边的世界就美丽一点儿；少一点儿怨恨，少一点儿忧愁，生活的滋味当甘甜一点儿。多一点儿学习和阅读，知识会丰富一点儿；多一点儿坦诚与思考，心胸会开阔一点儿；多一点儿阅历与磨难，认识会提高一点儿，思想会成熟一点儿。

人们常说，生活是"酸甜苦辣咸"五味俱全。生活原本就像一杯白色无味的开水，加点儿陈醋变酸，加点儿白糖变甜，加点儿咖啡变苦，加点儿胡椒粉变辣，加点儿食盐变咸，加点儿上等茶叶就变得香醇了。就像聚会就餐里必不可少的饮用酒，少一点儿减兴，多一点儿败兴，不多不少的那一点儿无疑助兴了，而这关键的"一点儿"全在人的亲力亲为。

一切皆在"一点儿"，美妙的"一点儿"。

# 大　爱

大爱使人间祥和，生活幸福，百业兴旺，人际
和谐，生命安康。

◎付弘岩

　　大爱巍峨，高山仰止；大爱崇高，景行行止。

　　大爱无疆。大爱超越血缘骨肉之亲，跨越地域种族之限，冲
破贫富尊卑之别，它是人间心与心的凝聚，情与情的抚慰。大爱是
一方有难八方支援，大爱是"老吾老以及人之老，幼吾幼以及人之
幼"。大爱大仁大义，恩泽深远。

　　大爱无言。大爱朴实无华，无须投桃报李；大爱掏心吐哺，无
须语言装饰。它是生命的呼唤，良知的驱使；它是由衷的牵挂，无
声的奉献。它是人世间一座无字丰碑。大爱人性闪光，深沉不响。

　　大爱无价。八级地震，一片废墟，大爱与同胞生死与共，不
弃不离，一线希望，百倍努力。大难当头，大爱将生的希望让给他
人，危险留给自己，用生命支撑着天，用鲜血填平了地；用肝胆医
治伤口，用赤诚拭去眼泪。大爱人文精华，无价瑰宝。

　　大爱无敌。它是打击敌人，对抗灾难的凝聚力，是洪水中筑起
的堤坝，是地震中崛起的意志。大爱爆发的威力，惊动天地，感泣

鬼神。它让高山低头，让河水让路；让生命新生，让万劫却步。大爱众志成城，所向披靡。

大爱无私。它是身处逆境之时，还念念不忘"先天下之忧而忧，后天下之乐而乐"的博大胸怀；它是穷困潦倒之时，还时时盼着"安得广厦千万间，大庇天下寒士俱欢颜"的高尚情操；它是身患绝症，生命倒计之时，还默默资助他人的超脱境界。大爱超然物外，无所不舍。

大爱无畏。大爱者敢于为真理和正义冲锋陷阵，敢于为民族和国家赴汤蹈火。林则徐面临国难挺身而出，"苟利国家生死以，岂因福祸避趋之"；谭嗣同匡复民族生死两忘，"我自横刀向天笑，去留肝胆两昆仑"；周恩来振兴中华义无反顾，"大江歌罢掉头东，邃密群科济世穷"；白求恩不畏万里奔赴中国，献身中国的救亡事业。大爱心怀天下，凛然无惧。

大爱纯真。它没有名利之贪，没有虚伪之嫌。它是善良的释放，真情的流淌。它像芳菲的绿地，沁人心脾；它像清澈的山泉，纯正甘甜。任何世俗污浊在大爱面前都会自惭形秽，无地自容。

大爱炽热。它是和煦的春风，唤醒万物；它是温暖的阳光，灿烂耀眼；它能融化冰川，点燃激情，温暖心灵；它能让你灵魂震撼，心潮澎湃，热泪滚滚。任何自私冷漠在大爱面前都会心跳加快，自感汗颜。

大爱使大地安宁，风调雨顺，五谷丰登，莺歌燕舞，生机盎然；大爱使人间祥和，生活幸福，百业兴旺，人际和谐，生命安康。大爱，与江河同流；大爱，与日月齐辉。

# 缄口与修身

为了做出成绩，干好一项事业，自我修养不得
不加强，学习不得不坚持不懈。

◎魏　东

生活是自己创造的。每个人都会时常面临来自生活、工作和社
会的各种各样的问题，其做人原则和处世方法决定其一生的成败。

为人处世主要有两方面：缄口、修身。

缄口，君子多做事少说话，小人啥事没做先夸夸其谈，"君子
约言，小人先言"。学做好人，就要从不随便说话做起。

时开方便之门，谨闭是非之口。

说话过多，情绪必然烦躁不宁。

沉默是金。

逢人只说三分话。孔子曰："不得其人而言，谓之失言。"不
是不可说，而是不必说，不该说，绝不是不诚实，绝不是狡猾。

为朋友守口如瓶。

不要炫耀自己的成功。

在办公室闲话少，麻烦也少。不宜说的几种话：收入、公司里
的人和事、家庭财产、私人生活，别拿现单位和原单位比，不宜大

谈人生理想，不要过分吐露烦恼，不要抬杠。

修身，就是修身养性，从自我做起，自我修炼与约束，不断提高品性。

修身比任何事情都重要，《大学》说："自天子以至于庶人，壹是皆以修身为本。"没有人例外。

人生在世，没有什么才能，却希望别人重用；没有做什么好事，却希望别人厚爱；得不到重用和厚爱，就埋怨生不逢时。这就好像农民马马虎虎地耕种，却只是埋怨老天爷不下雨。

因此，为了做出成绩，干好一项事业，自我修养不得不加强，学习不得不坚持不懈。

克己忍让是雄才大略的表现。

# "不恃"胜"有恃"

只有什么都不依靠，才是真正值得经常依靠的。

◎李承志

恃，凭借、依仗的意思。成语"恃才傲物""恃功矜能""有恃无恐"中的"恃"都是这个意思。古人是比较忌讳"有所恃"的。

清人纪昀曰："盖天下之患，莫大于有所恃。"他在《阅微草堂笔记》中讲了一个故事：有一个叫丁一士的人，"矫健多力，兼习技击、超越之术"。一天，丁一士酒后路过朋友家，朋友指着对面的小河说："你能跳过这条河吗？"丁一士当然不会拒绝，纵身一跃，跳了过去。朋友招呼他回来，他又跳了回来。如此他一连跳了几次，终于"力尽""岸塌"，一头栽进滚滚河水里。纪昀举一反三道："恃财者终以财败，恃势者终以势败，恃智者终以智败，恃力者终以力败。有所恃，则敢于蹈险故也。"

今天看来，像丁一士那样，自恃"超越之术"而"敢于蹈险"乃至身亡者，已不多见，但白恃有点儿名气、有点儿长处，便目空一切、不可一世者，却大有人在。还有一些年轻人，一旦被人捧为明星，就自以为了不得了，到处耍派头、摆架子、乱发牢骚、虚张声势、漫天要价……不过，待他们的伎俩显尽，风头出足了，他们在人们心目中的形象也就倒塌了。

这些自恃有能耐的人，其结局只是自己丑化了自己。如果是掌握权力的人，恃权恃势，高高在上，视民如草芥，那就要危害他人。当然这些人的结局必然是"恃势者终以势败"。由此类推，有的人恃老子升官发财，有的人恃丈夫大耍淫威，有的人恃"上面有人"为所欲为，这种一时"有所恃"的人的确很威风，也很让人"敬畏"。然而，毕竟"望人者不至，恃人者不久也"。

何以为恃？古语道："唯其不恃，是以为常恃。"也就是说，只有什么都不依靠，才是真正值得经常依靠的。的确，一则"恃"而有险，二则这世界上没有什么东西是不朽的。

# 智者定律

生活中存在许多偶然的事情是我们根本无法去用智者定律来解决的，这时不妨让我们从最笨的方法开始——实践去尝试。

◎巨新旦

智者心中有一条定律：做事前一定要仔细观察，深入分析，细心考虑，最后才能下结论是否应该去动手。

愚者做事不善于考虑，却善于实际动手。

某日，智者与愚者同去一座古城。二人来到城下，只见城门紧闭，门上有一层厚厚的灰，门把手处依稀可见许多人的手掌印。

智者见此，止步曰："此门落满尘土，说明很久无人打开过，门把手处有手掌印，说明有人曾推过此门却没有推开，据我分析，此门一定是关着的。我们回去吧！"

愚者听罢，并无反驳。他径直走到门前，看了一下，伸手去推门把手，伴随着"咯吱"一声响，门却被推开了。

智者哑然。

生活中存在许多偶然的事情是我们根本无法去用智者定律来解决的，这时不妨让我们从最笨的方法开始——实践去尝试。

# 一钩新月天如水

漫画是简笔而注重意义的一种绘画。漫画之美，
正美在这个"漫"字上。

◎程耀恺

　　我喜欢丰子恺的漫画，尤其那一幅《人散后，一钩新月天如水》，看画面上新月在天，而露台空寂，竹帘高卷，一缕"人有悲欢离合，月有阴晴圆缺"的伤感，自然而然地就在心中漂浮起来。

　　说起来，这幅《人散后，一钩新月天如水》与我缘分不浅。早在五十年前，我常在伯父的书柜里，找配图的书看。第一次邂逅，便爱不释手，央堂姐家惠用竹纸描下来，一直珍藏着。后来在别处又见到它的另一版本（1925 年丰先生另画的一幅），就自己动手描摹。上小学时，暑假里跟外祖父走夜路，天空一弯新月，像女人的眉，细细的、弯弯的，楚楚动人。看得入迷了，一回神，竟对丰先生画中的"新月"有了些不解。外祖父没见过那幅画儿，但对月相自是了如指掌，他告诉我："今儿个是初四，月牙的弦向上弯，像不像倒挂的金钩呀？这叫上弦月，是新月。若过了十五，月亮就朝相反方向弯下去，下弦月的弯弓向下，是为残月。"经外祖父这么一说，我心中的疑云反而更浓了：眼前的新月，在天上明摆着哩，

丰先生为什么要那样画他的"新月"呢?

后来读丰先生的书多了,看他笔下的新月,大多是下弦月,我就想,怕不能以错与对来看待这事了,丰先生自有其道理,也未可知。是何道理,丰先生没说,就找来他的朋友夏丏尊、朱自清、郑振铎、俞平伯、叶圣陶诸大家的文章,看看他们怎么说。遗憾的是,他们都对丰先生的漫画赞赏有加,几乎没有触及我的疑问。这样,又过了几个春秋,终于有一天,我在书中遇上了泰戈尔,他的一番话,让我茅塞顿开。

丰子恺与泰戈尔不曾谋面,但两位大师有个共同的学生牵线搭桥,他就是1933年到印度留学的魏风江。泰戈尔看到丰先生的"古诗新画"后,颇为欣赏地指出:"这是诗与画的结合,也是一种创造。"对丰先生漫画中的人物不画眼、鼻、嘴这一技法,泰戈尔是心领神会的:"艺术的描写不必详细,只要得到事物的精神即可。"又说:"你老师这几幅画,用寥寥几笔写出人物的个性。脸上没有眼睛,我们可以看出他在看什么;头上没有耳朵,我们可以看出他在听什么。高度艺术表现的境地,就是这样!"原来,画家用笔创造自己的世界,与真实的世界可以似,也可不似;可以通,也可以隔;甚至可以颠倒乾坤。艺术之道,要在变形,诚如吴冠中先生所言:"'变'包含着构思、探索和提炼的苦难历程,而'形'是创造的结果。"

漫画是简笔而注重意义的一种绘画。漫画之美,正美在这个"漫"字上。漫,就是不拘一格;漫,就是随心所欲。作为"感想漫画"的创始人,丰先生追求的是感情的移入和意境的抒出。按一般人理解，先生这幅画，是宋代词人谢无逸《千秋岁·夏景》的"译"作。然而，"译"有直译和意译之别，先生让"人散后，一钩新月天如水"脱离原词的语境，从而表达自己的艺术想象，完全是一次再创造。还是郑振铎说得好："实在的，子恺不唯复写那句古词的情调而已，直已把它化成一幅更迷人的仙境图了。"仙境中的月亮，以我等凡胎肉眼之视观，强作解人，妄断"新""残"，不是太煞风景了吗？

随着时间的推移，原先读画时的"伤感"，渐渐地淡了下来，取而代之的是意趣的生发，以至什么"可怜九月初三夜，露似珍珠月似弓"啦，什么"唯看新月吐蛾眉"啦，什么"月儿弯弯照九州"啦，诗情叠加，意象错置，令我别有幽情暗恨生。

2002年深秋，在一本散文杂志上，读到一篇题为《美丽错误》的短文，主旨是推敲《人散后，一钩新月天如水》。文章说："只要有着基本的天文知识，都可以知道画上的月亮根本不是新月，而是残月。"很显然，作者要告诉我们，从知识的角度审视，丰先生确实细节有误。所以作者不无诙谐地判定："也许它的珍贵就像错版的邮票。"

《美丽错误》后经《读者》全文转载，意味它被市场所接受了。然而让我纳闷儿的是，四五个年头过去了，既没有人附议，也没有人驳难或商榷。是人们读后，没当一回事，一笑了之？还是觉得作者言之有理，况"错误"之前，冠以"美丽"二字，对大师并无不恭，大家就默认了？是哪种情况，我估不透。

这幅画，始作于1924年，迄今有八十多年了，此间，中外那么多的高人，都没有发现的"错误"，却让我们这一代人揭示出来了。对此，新月若有知，当惊世界殊。是前人太粗心？还是今人太实在？以"天文知识"或别的什么知识，读文学、读艺术，心中不忘"事必求真，语必务确"，这是怎样的一种实在呀！知识与实在，当然都是好东西，但太知识、太实在，非浅即俗。

　　有道是："金风玉露一相逢，便胜却人间无数。"这时候，知识实在乃至理性，或可退避三舍，给想象与思辨多留一点儿空间。

# 故烧高烛照红妆

那开在灵魂深处的花，也足以为我抵挡人生夏日的骄阳、人生冬季的严寒，让我的心拥有人生夏日的清凉、人生冬季的温暖。

我养在阳台上的朱顶红开花了，君子兰也开花了。

花虽然不多，却给我带来了无限的欢乐。自从发现碧绿的叶子中间挺出来亭亭的花茎，花茎上骄傲地托起小小的花苞，我的心里就溢满了渴望。每天都要去细细地观察花茎长高了多少，花苞长大了多少。有时禁不住抱怨长得太慢，让我等得太心焦。可这也给了我足够的时间，让我想象花开的样子。朱顶红去年春天已开过一次，那六瓣的花形、艳艳的朱红，至今仍开在心窗之下；那馥郁的甜香似乎依旧留在唇吻之间，让我盼望重温旧岁的欣喜。君子兰却是第一次开花，以前又从未见过君子兰花，这几个花苞留给我太多的悬念，太多的想象与向往。

在我的期盼之中，朱顶红和君子兰同时开放了，于是我也有了双重的快乐。朱顶红好似故友，未负佳期，如约相访，让我深感花的多情。体味着浓郁的花香，我心旷神怡。君子兰就是新交的知己，让我顿生相见恨晚之慨。它的花形有似朱顶红，但要玲珑得多，小巧得多，花色橘红，花香幽微，恰如"讷于言而敏于行"的君子，称它为花中君子的确名副其实了。故友重逢的喜悦、心仪知己的快乐让我体会到了什么叫心醉，让我醺醺然，陶然忘忧。

沉浸在喜悦中的我，又常常害怕花期过后的萧条与寂寞，于是格外地珍惜花开的日子。李清照于海棠花开之时，在《如梦令》词中写道："昨夜雨疏风骤，浓睡不消残酒，试问卷帘人，却道海棠依旧。知否，知否？应是绿肥红瘦。"多情善感的女词人惜花的心情我也一样有，于是每天下班后的第一件事，就是跑到阳台上去看望故友与新知，轻嗅它们临风的花香，近观它们静处的娇姿。东坡亦有诗云："只恐夜深花睡去，故烧高烛照红妆。"豁达、粗犷如东坡尚且对花如此爱惜，害怕娇艳的花一朝零落，就是在夜晚也要点上蜡烛，欣赏盛开的花朵。更何况我也觉得灯下观花如灯下观美人，自当别有情调、别有韵味。于是在花开的夜晚，我也打开阳台上的灯，在幽幽的灯光下看花。花色似乎多了层次，花朵上仿佛也有点点珠粉映射出珠光。花更像戴了一层面纱的美人，多了一分朦胧，一分深邃。于是我深深地沉醉，深深地感叹古人的多情和浪漫。

花开花谢是自然的规律，我们谁都无法让花永开不败。但一年里有了这几日的盛开，这几日的沉醉，就酬报了我三百多个日子的浇灌，三百多个日子的期盼。那开在灵魂深处的花，也足以为我抵挡人生夏日的骄阳、人生冬季的严寒，让我的心拥有人生夏日的清凉、人生冬季的温暖。

# 最佳风景在别处

最佳风景在别处，而相对于别处，此处可能是
最佳风景。

◎崔耕和

　　熟悉的地方没风景，最佳风景在别处。别处在哪里？在你心向
往之、期望达到还没有达到的地方。

　　旅游时我们往往会有这样的感觉，此处风光旖旎，但最佳风
景肯定会在下一个景点。这种旅游时的感受其实也是我们人生的感
受。人生的下一个驿站永远是最神秘的，希冀与梦想的目标永远是
最美妙的。于是我们期待着成长。"等我长大了多好！""等我成
家了多好！""等我退休了多好！"一个个"多好"表达了我们对
"别处"风景的渴望与向往。"如果能到国外定居……""如果能
获得那个职位……""如果有了花不完的钱……"这一个个"如果"
激励并诱惑着我们不停地改变现状，不停地向下一个目标奔波。

　　在泛物质化、不断变幻的社会里，一些人的婚恋心态也许说明
了这一点。当在百花园里徜徉的时候，总是满眼姹紫嫣红，并不急
于固定其中一朵欣赏，因为没进入眼底的那朵可能会更娇艳。当真
正进了围城，浪漫被生活琐事冲淡、勺子常常碰响锅沿、缺点零距

离纤毫毕现时，围城外的风景和对别的围城氛围的憧憬又成了梦中的追求。"最爱的人总在婚后出现。"这种感觉不正是许多步入围城的人真实的感情写照吗？于是爬上墙头等红杏，于是突出围城再入新城，有时精疲力竭也得不到最佳组合、最佳风景。正如张爱玲《白玫瑰与红玫瑰》里的经典描述："也许每一个男子全都有过这样的两个女人，至少两个。娶了红玫瑰，久而久之，红的变成了墙上的一抹蚊子血，白的还是'床前明月光'；娶了白玫瑰，白的便是衣服上的一粒饭黏子，红的却是心口上的一颗朱砂痣。"这种感觉道出了对已有风光因熟视而无睹和对别处风景的无限期待。

最佳风景在别处，揭示的是人不满现状的欲望，在这种欲望的驱动下，人们不断地前进。同时，它还展示了人渴望突破自我而成为他人的愿望。美国散文作家克罗瑟斯就发现了这一点，并将此定性为《人人想当别人》。这种思维既是我们追求幸福的动力，同时又影响了我们对已到手和拥有的幸福的感受。它的无休无止使我们孜孜以求，它的"别处"期待使我们永不满足，它的不断延伸与变化使我们永远得不到最大的幸福指数。以至于让我们所处的现实离梦想之地永远有一步之遥甚至遥不可及，以至于让我们永远有在路上机械地迈动双腿的感觉，以至于让我们在追求过程中一次又一次迷失了自己。

最佳风景在别处，而相对于别处，此处可能是最佳风景；人人都想当别人，而相对于别人，自己可能就是别人想当的那个人。这与"你在桥上看风景，看风景的人在桥上看你。明月装饰了你的窗子，你装饰了别人的梦"异曲同工。

# 一闭一睁之间

古往今来，人这一辈子，就是由哭声震天的"一睁"开始，至万物皆空的"一闭"结束。

◎陈鲁民

在牛年春晚的小品节目《不差钱》里，演员"小沈阳"说了一句很精辟的至理名言："眼睛一闭一睁，一天过去了；眼睛一闭不睁，一辈子就过去了。"

的确，无论贤愚尊卑，古往今来，人这一辈子，就是由哭声震天的"一睁"开始，至万物皆空的"一闭"结束。而这大的、一生一次的闭睁之间，又经历了无数次小的、每天的一闭一睁。

大的一闭一睁，每个人只有一次机会，应当格外珍惜，好生对待，莫让年华付水流。在这短暂一生里，要尽量有所作为，有所贡献，洁身自好，不负青春；即便不能青史留名天下知，也要"只留清白在人间"。

因而，每天的一睁，要力争让今天活得积极向上、有意义、有价值；每天的一闭，要闭得心安理得，因为白天没做亏心事，晚上就不会做噩梦。

于是，无数个奋发有为的一睁，我们积德行善，修桥补路，无私奉献，就能活得如春花般绚烂；无数个问心无愧的一闭，我们安享成功的喜悦，劳作后的休憩，换来最终的一闭时的安详满足，好似秋叶之静谧。

有的人一闭一睁，别人就要遭殃，因为他只要一睁眼，就在算计着害人、捣乱，他只有彻底闭眼了，大伙才能安宁，即所谓"庆父不死，鲁难未已"。所以，如果当一个人睁眼的时候，众人都在盼他早日闭眼，也是人生最悲哀的事。

有的人一闭一睁，社会就会受益，他人就能得福。因为他一睁眼，就惦记着张姓孤寡老人有无口粮，王家贫困孩子能否上学，李家的屋顶会不会漏雨……因为他甘心为人民当马做牛，人民祝愿他长寿如松，眼睛永远不闭。

神话传说，世界原来混沌一片，盘古开天辟地，清者上升为天，浊者下沉为地，这就是一睁；按科学算，若干亿年后地球也要毁灭，届时一片黑暗，就是一闭。所谓"天地合，乃敢与君绝"。虽然夸张得太浪漫，也不无道理。

有的人，眼睛一睁，天地为之动容，世界为之改观，他们就是人类历史的路标。孔子眼睛一睁，儒家思想横空而出，辉耀神州，所谓"天不生仲尼，万古长如夜"。如基督、佛陀、穆罕默德，如马克思、牛顿等，都属此类，他们是人类的骄傲。

每个早晨，我们眼睛一睁，就要心存感激。因为有统计资料表明，世界上大约有四分之一的人是在睡梦中去世的，而我们还活着，很健康地活着，新的一天开始了，不知会带给我们什么惊喜。

每个夜晚，我们眼睛一闭，应该感到满足。辛劳了一天，成绩不错，该干的事都干了，干不成的事也尽力了，亲人身体都很健康，自己心情也颇愉快，如果能再做一个好梦，今天就算是功德圆满了。

没有永远不闭的眼睛，除非是雕塑画像。严监生眼睛不肯闭，只因为看到两根灯芯在耗油；权臣桓温眼睛不肯闭，是因为没有来得及黄袍加身；周瑜眼睛不肯闭，是因为他恨哪，"既生瑜，何生亮"；林黛玉不肯闭眼，是因为宝玉另娶新欢，木石之盟成为泡影……但愿我们都做达观之人，真到了眼睛需要永远一闭时，也别扭扭捏捏、恋恋不舍，眼睛一闭，潇洒告别，"挥一挥手，不带走一片云彩"。

# 嘿，别碰仇恨袋

你不犯它，它便小如当初；你侵犯它，它就会
膨胀起来，挡住你的去路，与你敌对到底。

◎禹正平

　　有位大力士叫海格力斯。一天，他走在坎坷不平的山路上，发现脚边有一个袋子似的东西很碍眼，海格力斯便踩了那东西一脚，谁知那东西不但没被踩破，反而膨胀起来，成倍地扩大着。海格力斯恼羞成怒，捡起路边一根碗口粗的棍子，使劲抽它、砸它，那东西竟然胀到把路都堵死了。海格力斯力气再大，也无计可施，只好坐在路边叹气。

　　正在这时，从山中走出一位长髯飘逸的老人，对海格力斯说："朋友，快别抽它，忘了它，离开它。它叫仇恨袋，你不犯它，它便小如当初；你侵犯它，它就会膨胀起来，挡住你的去路，与你敌对到底。"

　　我是从师傅那里听到这个故事的。

　　当时，我参加工作不久，年少气盛，不管做什么事情都想占赢边，是个争强好胜的"愤青"。那天我去上班，比平时早到了一刻钟，单位的大门还没开，我只好下了自行车，往侧门推去。恰巧，

一位在我之前进单位的青年欲往外走，他仗着比我进单位早，硬是不让道。此刻，我的自行车前轮进了侧门，已箭在弦上，就这样，相错而过时，前轮弄脏了他的裤子。我们俩随即争吵起来，继而拳脚相加，互不退让。最后，在赶来的同事的极力劝阻下，我们俩才偃旗息鼓，各自收兵。

我哪里咽得下这口恶气？整个上午，我工作心不在焉，心里老想着这件事，越想越气恼，被仇恨反复撺掇着，便悄悄地藏起一把手锤，伺机出出这口恶气。

中午下班时，我全身早已被仇恨包裹起来，迫不及待地操起手锤，径直向食堂打饭的那个青年尾随而去，就在我快要跨进食堂大门时，师傅叫住了我。于是，给我讲了这个故事。讲完，他望着我，脸上带着平和、坦然和安定的表情。那一瞬，如醍醐灌顶，将我从狭隘的私愤和想象的仇恨中唤醒，有惊无险地回到理智的轨道上来：本来想用手锤解决的问题，却被师傅的智慧轻易破解了。

人世间，我们无时不在与各式各样的人打交道，一路走来，总免不了与人产生摩擦、误会，甚至由摩擦、误会升级到仇恨。破山中的仇恨袋容易，破心中的仇恨袋难。我们不可能每次都能碰到像我师傅那样的智者，这时候，你需要坚强的定力，先冷静地绕开仇恨袋，不犯仇恨袋，然后，向亲友、同事诉说，倾听他们的智慧，或回到大自然的怀抱中去，抖落红尘，相忘江湖，与大美而不言的大地默语。第二天一觉醒来，那些由摩擦、误会衍生的仇恨便会冰释雪融。

# 一念之"差"

境由心生，人生的快乐不快乐，往往只是因为
思考的角度不同。

◎朱　晖

我常想，生活中每个人遭遇的问题常常都是相似的，大抵如生
老病死，但为什么会有迥然不同的境遇和结局呢？

看古书，说金圣叹是个奇人，做了一辈子奇事，写了一辈子奇
书，讲了一辈子奇话，一生放浪形骸，落拓不羁。他还有个爱好，
那就是对对子。清朝"文字狱"兴起后，金圣叹被打入死牢，儿子
前来探视他。看到儿子，金颇为高兴，迫不及待地要求儿子跟自己
对对子。"莲（怜）子心中苦"，他出了上联，以"莲子"谐音"怜
子"。儿子泣不成声，哪里还有心思对对子。金大骂："哭哭啼啼，
没出息的东西。"儿子不解："您明天就要上刑场了，还对这些有
什么用呢？"他抚摩儿子的头，微笑着说："是呀，明天就要死了，
现在不对，还等什么时候对呢？"言罢自己对出下联："梨（离）
儿腹内酸。"这就是金圣叹的思维方式。如果有一天，我们的生命
也将在短期内终结，又会如何度过那绝望的时刻呢？

著名科学家霍金学术成就斐然，但他身体患有残疾，在轮椅里

度过了几十载。有记者曾同情地问他："您长久地固定在轮椅上，不认为命运让你失去太多了吗？"霍金淡然地微笑，回答说："如果我没有残疾，或许会失去更多。"众人惊愕。霍金又说，"如果没有残疾，我的'脚步'除了踏足太空，或许还有酒吧、舞会，或许我不会像现在一样珍惜时间，懂得感恩。相反，我很庆幸，我的手指还能活动，我的大脑还能思维，我有终生追求的理想，有我爱和爱我的亲人和朋友……"如果上帝待你不公，你也身陷磨难，你会以怎样的心境面对呢？

都说人生不如意事十之八九，其实，境由心生，人生的快乐不快乐，往往只是因为思考的角度不同。人生的如意不如意，也并不只决定于人生的际遇，更多地取决于思想的瞬间。一念之"差"，造成了人生的巨大差异。

# 蚌病孕珠

某个人在某个方面存有缺陷，或许将来这个人
就会在另一个方面有突出成就。

◎高兴宇

"月晕而风，础润而雨。"一个人在取得巨大成功前，有没有
预兆呢？

回答这个问题前，我们先看一些熟悉的事例。

先秦时期的韩非，写下了许多脍炙人口的作品，但他却是一个
口齿不清、严重口吃的人。

金庸的武侠小说饮誉全球，凡有华人的地方就有金庸的小说，
但他在《明报》做老板时和下属的交流竟然是用纸条递字的，据说
原因是他口舌木讷，不善言语。

当代新锐评论家、有"北大怪才"之称的余杰，自称是一个口
吃的人，但看过他作品的人都知道，他的文章渊博、深刻、流畅，
绝对想象不出这些美文出自一个口吃的人。

著名当代作家贾平凹也是个不善言辞的人。

贝多芬的听觉从小就存在问题，二十几岁就已经严重影响日常
生活了。但他从小就喜欢上了音乐，创作力最为辉煌的时期，就是

他的听觉逐渐丧失之时。当听觉全部丧失后，他接连写出了享誉世界的不朽之作：《月光奏鸣曲》《英雄交响曲》《第五交响曲》……

当某个人在某个方面存有缺陷，或许将来这个人就会在另一个方面有突出成就。

巨大成功的预兆是什么？缺陷。正是缺陷这个因子，成就了他们的伟大。

分析其中道理，不妨从珍珠的产生入手。

一粒沙子，进入了河蚌体内，使河蚌发痒、发痛。河蚌想尽办法把沙子排出体外，但都一一告败。受尽伤痛折磨的河蚌只好分泌一种特殊物质，来包裹这粒沙子。当伤口愈合时，这只河蚌的身价已经不同，因为它有了一颗光洁圆润的珍珠。

某个人的身体有缺陷，就会带来内心伤痛。如果这个人没有被伤痛击倒，他的内心就会产生一种弥补机能，促其奋发图强，从而创造出不同凡响的成绩。

因缺成大，蚌病孕珠。世间有许多事情源于同一个道理。

# 享受与名利无关的寂寞

多少年以后，再回忆寂寞的日子，也许比起喧
嚣的时日会更值得人留恋、回味。

◎张达明

陈白尘曾任中国作协书记处书记，1978年后受聘为南京大学
中文系教授、系主任，主持建立了戏剧影视研究所，这是国内第一
个戏剧学专业博士点，培养了许多优秀的戏剧人才。

"文革"中，陈白尘被下放到乡下，那一段时间没有人敢和
他说话，他主要做的事情是放鸭子。于是他细细观察鸭子的习性，
久而久之，便学会了"嘎嘎"的鸭子叫。在一个风雨交加的黄昏，
他将鸭子赶入湖中，芦苇荡遮住了鸭子群的归途，他心急如焚，在
湖边大声"嘎嘎"地叫，好在终于有一只鸭子听懂了他的召唤，呼
朋引伴将鸭群带出了芦苇荡。风雨中他将鸭群赶回驻地，竟然一只
也没有少。他还给有特点的鸭子起了名字，看它们走路、嬉戏，感
叹没有画家将鸭子收入笔下，没有人写出歌颂鸭子的优美篇章。在
他人生最寂寞的时候，他与鸭子结下了深厚的感情，鸭子给了他无
尽的欢乐。每当回忆起那段放鸭子时的愉快时光，他总是感叹，鸭
子，与名利无关。

同样，丁玲在"文革"中被关在一间黑暗潮湿的屋子里，与外界失去了联系，孤独与寂寞可以想象。但她却自寻乐趣，将高高的窗户上的纸捅开个小洞，站在床上，透过小洞看在不远处打扫卫生的丈夫陈明。待看守她的人来了之后，她又连忙坐下来，假装瞌睡。就这样兴奋，然后平静，然后等待，然后再兴奋。每天，丈夫扫完地从关押她的房门口经过时，会趁人不注意时塞进来一块烟盒纸或者小树叶，在纸片和树叶上写着一两句温暖的诗。她便将这些纸片和树叶珍藏起来，没人时一遍一遍地默读，仔细地回味，以至于很多年以后，她还能背下当年丈夫写给她的鼓励安慰的诗。丁玲用这种方式，赶走了孤独与寂寞。她说，之所以能享受寂寞，是因为丈夫，与名利无关。

钱锺书先生的夫人杨绛，"文革"期间的工作是打扫厕所。她自制了一把铁丝刷，自费买了去污剂和去污粉，每天在厕所里认真地清洗，将所有的器具都洗出了本来的面目，让那些根正苗红的工人兄弟和造反派也不得不赞叹杨绛的活儿干得就是漂亮。厕所里不仅明亮如新，而且没有异味，没有蚊蝇，不像厕所，倒像一家温馨的小宾馆。在忙完工作后，杨绛便悄悄坐在厕所里看书。有时候她出去，远远看到外地来京的红卫兵，为防止意外，她便进入女厕所，那里成了庇护她的"宝地"。她说，厕所与名利无关。

看来，寂寞并不可怕，平常日子中稍微清闲的日子比起特殊年代的名士的境遇不知要好了多少倍。寂寞的时候可以读书，可以诵诗，可以自省，可以写作。多少年以后，再回忆寂寞的日子，也许比起喧嚣的时日会更值得人留恋、回味。因为，读书与名利无关。

享受与名利无关的寂寞，在寂寞中谛听生命的跫音，确实是挺惬意的事。

# 敬畏书

图书室有多少人也是没有声响的，原因挺简单，
不是读书人有修养，而是书有不能描绘的尊严。

◎ 薛 峰

著名收藏家马未都被聘为北京图书节形象大使，在谈到自己的读书生涯时，他曾讲过这样一段话："1981年，我刚由工厂调到中国青年出版社时，出版社还在北京的一个老四合院内办公，据说这大宅子原来是一个王爷府，看得出来历史上的阔绰。出版社的后院是图书室，最大的一间房，一层房有两层高。图书室是我最爱去的地方，老木地板，早已踩得凹凸不平，中心部位早都没漆了，露出木筋，每天被墩布拖得干干净净。这么干净的旧地板，我后来只在日本见过，走在上面吱吱作响，韵味无穷。图书室有多少人也是没有声响的，即使说话，每个人都是低声下气的，像犯了错误。年轻时候我不知原因，今天想起来，原因挺简单，不是读书人有修养，而是书有不能描绘的尊严。"

初读这段文字，心里颇有感触。记得我第一次进图书馆，是刚入大学那年的一个秋天。当时外面秋风萧瑟，枯叶零落，我怀着忐忑不安的心情到了图书馆，有些不知所措。因为第一次见那么多的

书，一排排整齐地立在那里，我都不知道选哪一本好了。学校的图书馆不大，但藏书丰富，有些古朴，在书架间穿梭，需要侧着身子小心翼翼地移动。就是那些书，给了我最多的知识，我好像一个迷失的孩子找到了家的方向。

记得图书馆上午十一点半下班，下午两点半上班，其间有三个小时的闭馆时间，很多时候，正当我看得着迷的时候，被老师"清理"出去。于是我就央求老师，恳求他们把我锁在图书馆里。我说反正也不饿，中午不用吃饭，我就待在里面，把门从外面锁上好了，我不偷书也不吃书，就是想看书。后来老师同意了。你无法想象当时我激动的心情。无数个中午，无数个三小时，我一个人待在图书馆里，仿佛整个图书馆都是属于我的了，四周静悄悄的，我享受着阅读的乐趣。

所以，对书，我是充满尊敬之情的，它们像是我知心的朋友。因此，看到马未都先生关于"书有尊严"的说法，我很赞同。

书的尊严闪烁在每一个文字间。它矮小，但有巨大的能量，能感动得你落泪；它无声，但胜似有声，能在关键时候吹响你心灵的号角。书的尊严还在于，如果你尊敬它，它回敬给你知识与智慧；如果你糟蹋它，它还给你愚昧与无知。对一本好书，容不得半点儿的轻视和摆布。好书，需要你敬畏，需要你用心去呵护，去品读，去挖掘它的美。

只是当今有一些书实在缺少内涵，什么书都想出版，什么书都敢出版，缺少对书应有的尊重，胡乱改编，随意戏说，调侃成为风尚。在这里面，掺杂着极强的功利性、随意性、庸俗性。这样导致的恶果是，败坏了优良传统文化风尚，使得人们对书籍的敬畏之心疲软了、淡化了，使书远离了人的心灵层面。

　　所以要对书常怀有敬畏之心。敬畏书，犹如敬畏真理。书与名利和金钱无关，在时下这个浮躁的社会，书更承担起了传播文明、开启智慧的作用，我们当更加尊敬。

# 我和谁都不争

和谁都不争，并非弱者的表现，一个内心不够
强大的人，绝无这样的气魄。

◎杨　萌

　　那时候年轻，算是正午十二点以前的太阳吧，性子火暴，爱计
较，凡事必争个输赢。就是在那样的背景下，读到英国诗人兰德的
诗："我和谁都不争，和谁争我都不屑。我爱大自然，其次就是艺
术。我双手烤着生命之火取暖。火熄了，我也准备走了。"

　　刹那间，心像被什么敲了一下，没想什么，只是很快将这首
小诗抄了下来。然后，久久陷入沉思，发呆，是因为干净简练的文
字，还是诗人超然淡定得非同一般的心境，自己也说不清楚。

　　此诗系兰德七十五岁时所写，是看透世事之后的平静自语。"我
和谁都不争，和谁争我都不屑"，诗人爬满皱纹的脸上，挂着淡淡
的微笑，一双已有些浑浊的眼眸，闪烁着智者清澈的光芒。宇宙浩
瀚，人世间无谓的纷争何其渺小，争吧，争吧，日月星辰、江河湖
海，都在那儿发笑呢！

　　兰德怀揣一颗率真、达观之心，在温暖的生命之火边，一直坐
到八十九岁。

和谁都不争，似乎与庄子的"无为"思想有相似之处，不是不为，而是不妄为、不乱为。兰德不屑于没有意义的争执，却不会放弃他所钟情的大自然与艺术。和谁都不争，并非弱者的表现，一个内心不够强大的人，绝无这样的气魄。

又一次翻阅到这首诗时，那些略显凌乱的笔迹，已是十年前的记忆。十年时间不长，性子里的急躁、要强，并未被磨掉多少；十年时间亦不短，看待事物，到底也成熟了一些。

隐约觉得，有个人，一直在无意间诠释着兰德的诗，那是我的祖父。

祖父是个农民，解释不了什么叫作大自然，更不懂艺术，一个人守着乡下的小楼，儿子、女儿，谁也接不走。说是不习惯城里的生活。九十岁了，手里不握拐杖，握锄头。我去一次乡下，祖父便会到地里摘下他拾掇出的蔬菜水果，塞满一只只塑料口袋，让我回去的脚步变得沉甸甸的。

不时会有人偷菜摘果，听祖父说起，家人自是气愤难平，九旬老人种的菜，也是随便能偷的吗？老人家倒是豁达得很："偷嘛，偷得完哟？"很像昔日乡邻间为田边地角争得一塌糊涂时，祖父最爱说的一句话："啥子都争，争得完哟？"换在以前，我会认为这是祖父的软弱，其实，他何曾弱过？地里照样绿油油的，枝头上照样黄澄澄的，他挥着锄头，站成土地上一棵最健壮的庄稼。

重孙围过来已是一群，怎么着也不该是上坡下地的劳力了，为此一大家子软磨硬缠地要他别再做了，可祖父总是"嘿嘿"一笑："做不得，就不做了。"从来，都是这句话。

夕阳下，祖父荷锄而归，缓缓移动的身影里，黄昏如此静美而从容。

祖父乃一介农夫，说不来"我和谁都不争"，更说不来"烤着生命之火取暖"，他也不可能认为，自己是把那些争执的时间，用在生命的火焰旁取暖，他无非是平心静气地过着自个儿喜欢过的生活罢了。

人生在世，或许有太多需要去争的东西，才不辜负那团燃烧的生命之火；或许也有太多不需要去争的东西，火熄了，幕谢了，又有什么东西带得走?

和谁都不争，随意地生活，多好。走在慢慢变老的路上，时常会想起兰德的这首小诗，尽管很难达到如斯境界，但至少，知道在慢慢地向那个方向走着就好。

# 生命是一场真刀真枪的实战

*你可以获得成功，但如果你只是一味地等着别*
*人把它拿给你，你将永远也成功不了。*

◎朱春学

一位老人，一只猎狗，成了一个庄园的主人。

两个月后，猎狗不吃不喝，很快瘦得像一具标本。有一天，一只觅食的苍鹰光临庄园，猎狗蹿起冲向苍鹰狂叫。这天，狗吃了许多东西。

醒悟的老人从山里捕回一只狼，拴在庄园外的一棵树下，从此，情况改变了：只要猎狗看到狼，猎狗便显得非常精神，并且食欲大增，一天天壮了起来。

高品质的生活，不在于你有多么优越的物质生活，而在于拥有丰富多彩的精神生活。很多时候，对自己"狼"一点儿，所得才会多一点儿。

海獭是哺乳动物，没有鳔，没有鳃，也没有鲨鱼那样坚硬的牙齿，更没有金枪鱼那样锋利的长枪，可是千百万年过去，它们却顽强地在海里生存了下来，靠的竟是仅有四分钟的潜水时间。

在这四分钟里，它必须潜到五十米以下的海水里捕猎。如果超过四分钟，它就会淹死。时间对于海獭来说就是生命。每次捕猎，都是生命的倒计时。每次潜入水中后，它便目标明确地去寻找自己的猎物，一秒都不敢耽误。

这就像小孩子练书法。如果用废纸来写，往往时间花得多却长进不大；如果用最好的纸来写，他可能会因爱惜纸张写得更好。人生亦是如此。

平常的日子总会被我们不经意地当作不值钱的"废纸"，涂抹坏了也不心疼，总以为来日方长，平淡的"废纸"还有很多。这样的心态可能使我们每一天都在与机会擦肩而过。

据说，在美国西点军校，遇到军官问话，只能有四种回答：

"报告长官，是。"

"报告长官，不是。"

"报告长官，不知道。"

"报告长官，没有任何借口。"

两百多年来，西点军校为美国培养了三个总统、五个五星上将、三千七百个将军以及无数的精英人才。让世人惊讶的是，可口可乐、通用公司、杜邦化工的总裁均出身西点。为什么如此众多的精英来自西点？也许，全部的秘密就在于"没有任何借口"。

铁是热的，水是冷的，把铁扔进水里，水就和铁较量着——水想使铁冷却，铁想让水沸腾。生活就像这盆冷水，你就好比这块热铁，如果你不想被水冷却，就得让水沸腾。

人生还是一顿自助餐。只要你愿意付费，你想要什么都可以。这其实在告诉我们，你可以获得成功，但如果你只是一味地等着别人把它拿给你，你将永远也成功不了。想吃到喜欢吃的自助餐，你必须站起身来，自己去拿。

司汤达曾告诫我们，要以决斗的姿态步入社会！因为，生命不是演习，而是真刀真枪的实战。人生在世，草木一秋，即使做一棵草，也要绿得灿烂。

# 弹　性

古人说，做人必须方外有圆，圆外有方，外圆
内方。今人说，管理艺术的特点，在于它的弹性。

◎王晓河

有人说，活力决定成败。活力，离不开弹性，它是活力的表
现，又是活力的生源。

只一个动作就僵硬，只一副面孔就痴呆，只一种腔调就乏味，
弹性展现人生的丰富多彩。跳跃的五线谱悦耳动听，抑扬顿挫的言
谈引人入胜，跌宕起伏的剧情赏心悦目，弹性尽在生活中。沟沟坎
坎，需要弹跳而过；摩擦纠纷，需要弹性化解；曲径通幽，弹性出
美景；千回百转，弹性有奇观；轻歌曼舞，弹性婀娜多姿；琴瑟和
鸣，弹性五彩缤纷；各类运动、各种球类，需要弹性、锻炼弹性，
弹性平添了人间无穷乐趣。弹性有力，"平明寻白羽，没在石棱
中"；弹性攀高，"跃上葱茏四百旋"。有弹性，得伸张，乐驱驰，
人生有惬意，有品位，有质量，有魅力。

弹性，是一种潜力迸发，"跳一跳，摘桃子"，跳起来，够得
着，有收获。不囿于一处一点一个水平上，当跳跃则跳跃，当攀高
则攀高，原来的做垫脚石，未来的当启明星，哪怕归零重启，也要

寻出一片新天地。潜心一事一业，弹跳是纵深精进；触类旁通，弹跳是广闻博取，比刻舟求剑、守株待兔好上千百倍。一代名伶裴艳玲从小坐科京剧，五岁登台，九岁挑梁，十二岁转唱河北梆子，年近花甲又回归京剧。唱梆子，"裴旋风"席卷全国，风靡海外。唱京剧，十余年辗转，以一出漂亮的《响九霄》唱响第二届中国戏剧、梅花表演奖的舞台，一举荣膺"梅花大奖"。艺海遨游，弹跳功夫了得，京昆梆门门好，文武生旦路路行，人称"国宝"。自然，弹跳也难免折翅碰壁，要吃一堑长一智，疗伤寻因，鼓劲再行。切莫几个钉子碰回来，就陷入"跳蚤效应"，自我设限，把上进的欲望和潜能都自己扼杀了，不再动弹，向生活妥协，向命运低头，那人生真就穷困潦倒了。

弹性，是一种柔力坚韧。人生崎岖，就不能老想走直路；命运多舛，就要常对"不如意"。屈伸有度，张弛有方，处置得力，才入做人做事的佳境。"天下之至柔，驰于天下之至坚。"水因物赋形，随圆而圆，随方而方，却能够穿石销金。弹性不是虚弱、软弱、懦弱，而是一种张弛有度、游刃有余的柔韧；不是坚而脆，而是柔而固。面对强悍，鱼死网破，逞了刚强，失了老本；面对危难，死扛硬撑，耗尽精血，一蹶不振。曲一曲，忍一忍，绕一绕，难以逆转便有了回旋余地，"山重水复"就可能"柳暗花明"，锋芒不露实是锋芒内敛，暂时不图大有作为，卧薪尝胆，东山再起。刘备当得菜农，也当得君主。失利不失志，更不失智，弹性便是一种取胜的妙方。

弹性，是一种随机应变。世事无常，就不能一把死拿，可通可变可回旋，弹性魅力在其间。突如其来，闪转腾挪才应对自如；途中陡变，进退有致才驾驭如常。弹性不是被动反应，而是一种积极的应变能力。美国学者斯皮罗等人认为，认知弹性是一个人对其知识进行自动重构，运用多种方式对完全处于变化中的情境要求进行回应的能力，是人在认知中的灵活变通能力。阿庆嫂胆大心细，遇事不慌，各方周旋，滴水不漏，在于有主见，有见识，各方情况了然于胸，思维豁然贯通，应对如天授神助。弹性应变，不是说来就来、想有便有的，那是学识的浓缩，能力的积累。"眉头一皱"，须平时会思索；"计上心来"，须胸中有韬略。古人说，唯蓄理足者，始有眼光；有眼光，始知弃取。多学习，弹性有底蕴；多历练，弹性有强度；多思考，弹性有准头。人生在世，复杂情境、多元事实每每遇到，多方式认识，多角度审视，多方面解释，流畅通透了，便有自由来往了。

古人说，做人必须方外有圆，圆外有方，外圆内方。今人说，管理艺术的特点，在于它的弹性。经营人生，守住刚强、练些弹性，风来拂面、雨来沐身，悠然不惊，总是从容、优雅有为，当是人生的佳境。

# 人心藏海

每个人的经历、思想、才艺，都远远不是我们
所一眼能看到的那样简单。

◎王月美

白居易有一首《天可度》诗，专说人心之不可测："天可度，
地可量，唯有人心不可防。但见丹诚赤如血，谁知伪言巧似簧……
海底鱼兮天上鸟，高可射兮深可钓。唯有人心相对时，咫尺之间不
能料。君不见李义府之辈笑欣欣，笑中有刀潜杀人。阴阳神变皆可
测，不测人间笑是瞋。"

白氏好像对人性善恶、人心深浅、人品真伪的问题非常关注。
在另一首著名的《放言》诗中，他向人们指出"时间"才是识人辨
才的良方："赠君一法决狐疑，不用钻龟与祝蓍。试玉要烧三日
满，辨材须待七年期。周公恐惧流言日，王莽谦恭未篡时。向使当
初身便死，一生真伪复谁知？"

白居易可谓智者矣。宋朝苏轼对元稹和白居易的诗风评价不
高，认为"元轻白俗"。岂不知这恰恰是白居易的深刻与高明之处。
相传白居易作诗的标准是"老妪能解"，每作一首诗就念给老年妇
女听，不懂就改，直到她们理解为止。所谓大道至简，真理往往体

现在素朴之中，智者往往隐藏于市井之内，学会以谦恭的姿态面向众生，焉知不是接近了知人处世的不二法门？

每个人都是一片海。不同的海，固然有大小、深浅、静动之别，但绝非一眼可见、一掬可得、一触可及的窄窄一湾、浅浅一泓。表层上的风平浪静，常常掩盖着海平面下的风起浪涌；乍看来得波澜不兴，常常使人错失海洋深处的丰富与美丽。

人心藏海。只是人们往往缺少观海的耐性与智慧，看不透它的深邃，看不尽它的浩渺，也看不清它的复杂。

孔子的学生澹台灭明（字子羽）是一位贤者，可惜长相额低口窄、鼻梁矮塌，使人望之不似贤者。孔子以貌取人，颇为嫌弃。澹台灭明受到冷遇后，毅然退出孔子的弟子行列，更加发奋求学，终成大器。孔子后悔地说："以貌取人，失之子羽。"韩信在项羽帐下数年不被重用，归顺汉王后刘邦也未发现他有过人之处，只有萧何慧眼识珠，才使得韩信有登台拜将的荣耀和名垂青史的功业。在这一点上，萧何要比孔子高明，他是一位高明的观海者。

孔子也是一片海。颜回感觉老师的学问和修养博大精深、气象万千，总也跟不上他的思路，感叹他是"仰之弥高，钻之弥坚，瞻之在前，忽焉在后"——他是深邃的海。

管仲年轻时，与人合伙做生意多拿多占，替人办事屡次办不妥当，多次做官都被辞退，三次作战都临阵逃跑，混得人人鄙弃，只有鲍叔牙理解他，知道他是经纬天下之才，只是未得机遇罢了。鲍叔牙把管仲力荐给齐桓公之后，管仲果然大展平生才略，九合诸侯，一匡天下，成为"春秋第一相"——他是浩渺的海。

齐桓公晚年有三个宠臣：竖刁、易牙、开方。易牙为了让齐桓公尝到人肉的滋味，竟把三岁的儿子杀了做菜献给桓公；竖刁为了陪伴桓公，主动阉割自己做了宦官；开方为待在桓公身边，十五年没有回家，父母死了也不回去奔丧。桓公认为，易牙爱国君胜过爱自己的儿子，竖刁爱国君胜过爱自己的身体，开方爱国君胜过爱自己的父母，都是大大的忠臣。管仲却告诫他，三人的行为都违反了人最基本的伦理常情，必须要加以提防才行。齐桓公不听，这三个小人最终得志，把齐桓公活活饿死了——他们是危险的海。

　　深邃的海是学校，在近旁可以饱览美丽的风光，品尝鲜美的虾蟹，还能带回满筐满篓的海产；浩渺的海是港湾，在那里可以完全地信赖，安全地停泊；危险的海是雷场，在那里要时刻小心风暴，提防漩涡，躲避凶猛的鲸鲨，最好要驾起小船远离这片海洋中的"百慕大"。

　　生活中，人们经常会说："我算是看透你了！""那个人哪，我太了解他了。"这话说得何其轻巧，但要做到这一点又何其艰难！人是复杂的、多面的、善变的，我们看到了正面，却未必看得到反面、侧面。同一个人，人前和人后，工作中和家里面，其性情大相径庭甚至截然相反者大有人在。故事背后的故事、原因背后的原因、目的背后的目的，我们又能了解多少？智者不言，善者口讷，单凭他们的言谈举止，往往容易误会好人、唐突善意；小人巧言令色，往往讨人喜欢，受人欢迎，吃亏却也往往是在他们手里。

　　每个人的经历、思想、才艺，都远远不是我们所一眼能看到的那样简单。一位沉默寡言、平凡普通的朋友，可能在某一次酒至微醺时突然变得健谈起来，你会发现他的知识面是那样广泛，对一些社会问题的剖析又是那样深刻，对生活、对世事看得又是那样洞明、透彻，他简直是一位智者、思想家。一位从不显山露水、看似一无所长的同学，就在大家忽视甚至遗忘他的时候，可能忽然在学校运动会上成为瞩目的焦点，跑跳投掷，摘金夺银，成为班级的骄子；或者在晚会上吹拉弹奏、说学逗唱，引来阵阵掌声、欢呼和尖叫。只是，这些在平时怎么一点儿也没有看出来呢？

人心藏海。人们说出来的、写出来的，远不止他全部的思想甚至真实的思想；展现出来的，也远不止他全副的本领和才华。老子说："知人者智，自知者明。"可见，自知也是一件不容易的事。有时候，人们对自己的一些想法和做法，也未必说得清缘由和目的，也许还要自问："我那时怎么会那样呢？"——他们在自己的心海中迷失了航向。

明智的观海者一般都有三种态度、三种角度。一是"真诚——仰视"。无论面对什么样的海，都要先存一份尊重与谦虚，以诚心对待之，以虚心求教之。三人同行，必有我师。自以为"天下第一"的河伯，到了东海也知道"望洋兴叹"。孔庆东说过，他佩服很多人，"同等条件下你做不过他"，这就值得佩服。信哉斯言。二是"理性——平视"。观海既不宜盲目崇拜，也不宜妄下贬损，而应以理性的心态，平心静气，平等交流。海是平的，天下大水，处在同一水平线上，平等地沟通、交流才是正确的状态。西方哲人说"宽容从来都是个奢侈品"，而"理解万岁"正是靠着一颗宽容之心才能得以实现。三是"勇气——俯视"。俯视是勇敢的超越，而不是无知的蔑视。李敖说，想看让自己崇拜的人时就照镜子——他只崇拜自己。貌似那位狂妄的河伯，其实还不是因为他本身就是东海？其学识文章，已经足以使他如此自信。要知道，李敖对胡适等师辈还是颇为敬重的，他的学问勇气只是他不断进取、超越前人的动力，而不是妄自尊大、不知所以的笑柄。同样，唐朝诗人中"王、杨、卢、骆"并称，号为"四杰"，杨炯却说："吾愧在卢前，耻居王后。""耻居王（勃）后"反映了他的勇气和俯视之态，而"愧在卢（照邻）前"则显现了他的真诚与仰视之姿。只这份坦承与理智，便足以使杨炯在唐朝诗人中占有一席之地了。

潮起潮落，海浅海深。人心藏海，那海中风景无限，蕴涵无限，唯智者能识之。

# 守 白

守白，何尝不是守住自己的纯真，守住自己的
纯朴，守住自己的纯一。

◎柴福善

岁月无情，顶上华发不知不觉间出现了，一茎两茎三茎，不可
细数，与日俱增。每每对镜，虽不至于"高堂明镜悲白发"，却也
慨叹"朝如青丝暮成雪"。

多情应笑我未老先衰，举目四望，无论男女，无论长幼，皆亮
莹莹一头乌发，着实令我好生羡慕，更怨时光不公，为何竟让众人
皆黑我独白？恨不得喝令时光倒流，使我青春再现。自知不能，孰
料友人一笑："何不染？"原来如此，诸多乌发敢情染所致，而非
本来面目。一语点醒梦中人，毅然走进理发店，片刻出来，华发尽
消，精神抖擞，仿佛换了一人。

染几年，陌生人相见，随口常夸我不仅发密，而且乌黑。毕竟
四五十岁之人，大多该花白了，甚至稀疏得谢顶了。听人赞许，内
心几分得意。只是得意不久，感觉每次染后，总隐隐痛痒，几天里
不曾消失。询问，原来染发剂多少都会含铅，不然难以染色。猛然
记起余光中所吟诗句："染发剂有毒，休得自误。"

年轻时读过也就过了，不以为然。此时从记忆深处唤起，方觉

平常句却意味非常，似先生隔着海峡专门示我。便逆而思之：既然有毒，我还非染不行吗？圣人言三十而立，四十而不惑。想我已进了五十门槛，按理不仅应该不惑，而且应该知天命了，应该自己能够掌握自己命运了，为什么还一味地人云亦云、步人后尘、随波逐

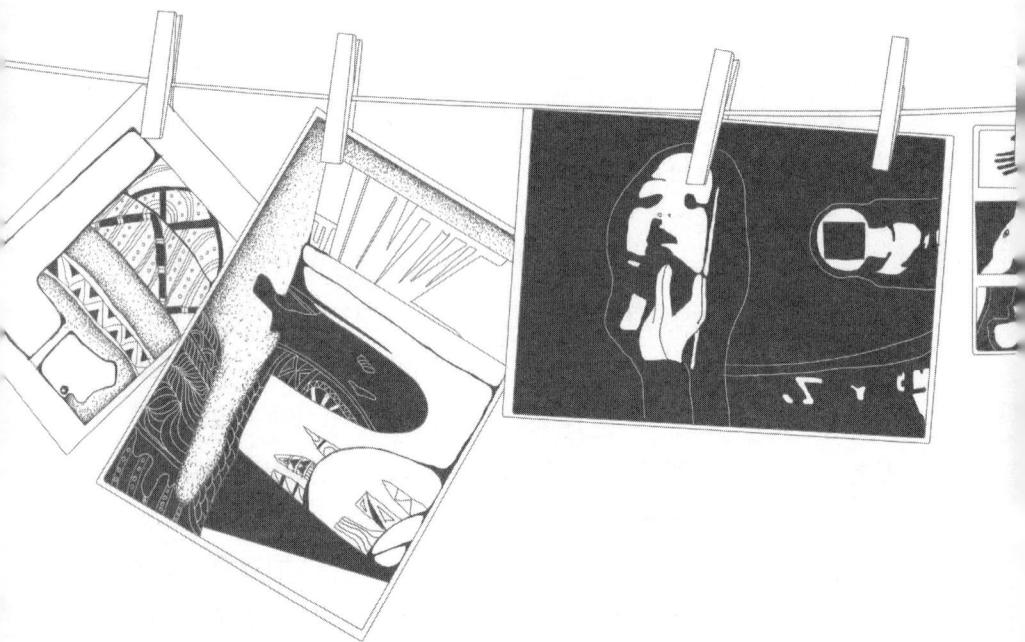

流，而不能独自思考、特立独行？其实，染终究为给别人看，犹如女子为悦己者容。为给人看而一时满足自己的虚荣，就不顾及自身健康，似乎太得不偿失了。说到底，虚荣又值几文，我为什么不能抛却，以真面目示人？

反复斟酌，我终于下定决心，鼓起十二分勇气，跨越自己横亘心底的这道无形障碍，堂而皇之地以华发之貌，置身大庭广众之中，初觉拘谨，进而放松，再而释然了。一时间，感觉天地并未因此而薄我，大家一样地随着地球自转，同一轮太阳照出大家一样的影子。想起老子"知白守黑"之语，我不念其有何深意，只是俗而化之："知白守白。"守白，何尝不是守住自己的纯真，守住自己的纯朴，守住自己的纯一。当今社会，欲守住一点儿自己的东西，实在太难了！从此我便不再为染所累，也不再在意世俗目光，心灵顿时得以自由，精神顿时得以解脱，浑身顿时得以轻松。

　　当然，诸多朋友也曾好意相劝，我十分感谢。已然迈出这一步，就不会回头，只管义无反顾、坚定不移地守下去。哪怕有一天白得纯净、白得完全、白得彻底、白得实在与众不同，那也不打紧，就像黑是一种美一样，坚信白也是一种美，而且是一种不遮不掩不妆不饰不虚不假不造不作、真真实实轻轻松松纯纯粹粹自自然然尤其是健健康康的美，何乐而不为？

# 成就大器

　　人有恒心万事成，人无恒心万事崩。生命是一场漫长的马拉松赛跑，需要进行长久的修行。要成大器，"必先苦其心志，劳其筋骨，饿其体肤，空乏其身，行拂乱其所为"，故需要自我教育、自我引导、自我训练和自我完善。其实，路有千条。眼是笨蛋手是好汉，努力永远在路上……

# 悟与不悟

尘世间一切看似高深莫测的形态背后，其实都
只有一个简单的道理：尽本分，好好活。

◎陌上舞狐

悟与不悟，其实是件很微妙的事情。

悟，可以是如佛家所言的第三重境界，"看山还是山，看水还是水"，就此做到真正的从容淡定、飘逸洒脱；亦可以依然活得酸甜苦辣皆备，十分烟火，乃至疲惫，但自己也并不觉得不好，只是在默默经受一切所呈现出来的姿态，虽有一种老牛拉犁的竭力负重感，但到底是在岁月的砥砺中一点点向前。

有人说："我选择现在这个工作、这份感情，当年也走了很多弯路，也许当年不走弯路，我过的是不一样的生活，不会像现在这样烦恼。可当我回想起历程，却坚定了如果时间倒流我仍然选择这条弯路的想法，不管是生活、工作、情感，仍然固执地享受着这份烦恼、痛苦与快乐并存的生活。这种不悟对我来说何尝不是一种幸福呢？"他认为自己是"不悟"的，并安于这种痛苦与快乐交织的幸福。

我想，他其实已经悟了，所谓不悟，只是他的一种选择。对于摆在面前的种种，人们自有判断能力，只因一切抉择与行动其终极目的都是指向求生，只不过有活得惨淡与活得漂亮之分罢了。

但人到底是一种情感动物，且一旦情感战胜理智，便会干出些"破格"的事情出来，以世俗甚至道德的标准来衡量，绝对是一种愚钝甚至卑劣，但于人心人情而言，却十分坦荡荡、别样意绵绵。

我们是为了自己的本心而活，而不是为别人、为所谓的清规戒律。且人之天资有上下，在后天的修炼过程中，其得以开悟的机缘亦来得有早有晚，这都是些始料未及的事情，可以不必放在心中惴惴不安。我们真正要全力面对的，是自己于这尘世生活的这么些年，面对那些必须要经逢的人事，以悟的姿态相遇，以不悟的姿态擦肩，抑或相知相惜，凡此种种，皆来自于自己的内心，内心驱使你怎样做，你就会乖乖地怎样做，是为不负。

做人，有悟性很重要。

悟性是一种觉知，觉知愈深，呈现出来会愈从容、平和；觉知浅的，则不免耐不住寂寞苦痛，十分聒噪、虚浮。所以，高考复习时挑灯夜战的那些天，唯听得老师在耳边说"觉悟就好，觉悟就好"，孰料直至今日，才略微谙得些意思，但到底是好的，一如"亡羊补牢，犹未为晚"。

又有人说，悟出太晚是好是坏呢？命运弄人。孙悟空如果当时不悟，那他岂不是永远做一只快乐平凡的猴子，纵然没有大圣的辉煌，也就没有受人驱遣的尴尬了。我如果早悟，又能怎样？做一个工作狂，年薪百万，空中飞人，忘情忘我？在我看来，无论悟得早晚，我们暂且不去想那些未然的光阴，只需扎扎实实地过好手中正一点一滴经逢并随时在流走的日子，尽力把这一刻过到饱满、过到极致，那么，即便是"悟与不悟"这个看似深刻的哲学命题，也已变得幼稚可笑了。

　　作者，写作就好；画者，作画就好；琴者，鸣琴就好；学者，治学就好。尘世间一切看似高深莫测的形态背后，其实都只有一个简单的道理：尽本分，好好活。

# 气

俗语说:"树活一张皮,人活一口气。"人活着,
就靠这一口气。

◎易水寒

　　我越来越觉得,人活着,就像个气球,年轻的时候,拼命打
气,似乎怎么打都没事,反正皮糙肉厚,皆能承受;到了中年,感
觉有点儿吃不住劲儿了,放慢了打气的速度;再往后,只是下意识
地充气,还得时不时放出一点儿来。

　　俗语说:"树活一张皮,人活一口气。"人活着,就靠这一口
气。没气怎么行呢?尽管到了最后用时光的针轻轻扎一下,"扑哧",
寿终正寝,但只要还活着,多多少少得有三寸气在。

　　就因为有这口气,人到中年的我,常常这样提醒自己——

　　不斗气。很多气,是自己逗出来的。不是跟别人斗,而是跟自
己逗。气在心里,像睡着的野狼,你偏要拿一根木棍儿去捅它。它
挪个窝继续睡,你不依不饶,继续捅它,这就是俗话中的"手贱",
早晚把它捅急了,一跃而起,忽地把你的气囊充起来。

　　不怄气。小事像一团乱草,窝在心里。记着把乱草放在阳光
下,晒一会儿,就成干草了,有一种淡淡的青草的芳香。若是阴沉

沉地任由其沤着，发霉，散发出来的那股气味，占满了你的空间，想想都恶心。

不憋气。气就像个屁，该放时必须放出来。越憋劲儿越大，憋到最后，成了一股邪气，到底窜到哪里，伤害到谁，都说不清。

不生气。这是一切的根本。无气可生，便斗不了气，怄不了气，憋不了气。每当要生气的时候，我都反复提醒自己："那不是我的，空手来空手去，没有一件东西本来就属于我。"尽管难以全部释然，总不至于跟自己较劲到底。

我并不希望这份完全个人化的、看似消极的心路与所有人分享。一个刚刚入世的年轻人，你还是要告诉他"不蒸馒头争口气"。资源有限，起点不同，再不努力，如何有立足之地？如果你产生了那么一点点共鸣，那只是因为你和我有过相似的心路历程而已。

# 又简单又深邃

光阴赋予他们简单，如初生婴儿一样的简单，
一生都如此；又赋予他们深刻，深邃中透出
灵光。

◎雪小禅

简单，深邃？你更喜欢哪一个状态？如果少年，还青葱懵懂，
一定选择深邃——最好连自己都永远不懂自己。一定要看外文书，
知道尼采、康定斯基、萨特……知道那些与自己隔着灵魂与皮肤的
东西，用外在来装饰内心。

而经过风雨种种和光阴浸染，你所选择的，必是简单扼要。一
杯茶，一个人，一轮明月。如钱锺书，再大的官员请他去吃饭，他
说："抱歉，我没时间。"他是在尊重时间，不虚度任何一分一秒。

有人谈简单与深邃，电影导演侯孝贤谈得最好："即使拍最简
单的东西，让懂的人看得很过瘾，不懂的人也觉得很好看，那就是
简单与深邃……"

侯导拍电影，从来不会先选好剧本，有时候倒是看到某个人，
给他灵感，于是拍了这个电影。

比如看到舒淇，他看到舒淇的张力，那种隐忍在心中巨大的张
力，于是有了《千禧曼波》。舒淇演她自己，曾经的堕落、不甘，

曾经的惨绿青春……她在简单中找到了另一个自己。那是真实的舒淇，坏得纯粹而干净。

又有一次，他看到年轻时的伊能静和另外两个男孩儿走出来，三个年轻而叛逆的少年，他立刻产生了冲动，拍了《南国再见，南国》。那种密度、质感，那种张力……电影是简单的，也是深邃的；人是简单的，也是深邃的。命运是虚幻的东西。

年轻的时候，大概总会喜欢一个人。

写一些很厚的信，用红笔用蓝笔，信纸是细心挑过的。朱红的印迹，轻轻地放上自己的吻……以为这爱很厚很重。其实是自己最简单的心放在最年轻的风里，慢慢地吹着，是自己与自己的恋爱。爱上爱情这回事，或者爱上了那段时光里的自己而已。

深邃的时候反倒无言。

成熟的爱情，一定是中年以后。无言，不表达。但是，心里那样明了，是老于世故后的从容与简单。那时的简单，已经是天地清明，属于更为内心的简单，也绝非真正的简单。

在慢里，有一种从容，有一种简单。

我的朋友乔叶说："在我的意识里，精神生活从来就是慢的、低的、轻的，慢得像银杏的生长。因这慢，我们得以饱满和从容，我们得以丰饶和深沉，得以柔韧和慈悲。慢是人性的本质，是心灵的根系，是情感的样态……"

多好呀。简单也是，不是真正的简单，而是力透纸背的那种厚；深邃也是，一个人走在街上，任风吹着。一个人，在生命的河里游着，不知道对面是什么，可是，一定要游过去，也许到了对面才发现，对面的人也想游到彼岸去。

简单是一种老实的意境。不争了，不辩了，安然地过着日子。

深邃更老实。一步一个脚印才能深邃起来，褪掉了浮气，渐渐把内心充满，丰盈而踏实。

在翻看黄永玉《比我老的老头》这本书时，我看到了静气、大气，没了锐气，只有安静的似水流年的声音。黄永玉和沈从文对话时，沈老先生说："日子过不够。"经历过如此惨烈洗礼的人却说，日子过不够。我欢喜他对生命的喜悦态度，也终于活了八十六岁高龄。

沈老先生说："我只读到小学。"黄永玉也只读到初二。这并不影响他们成为一代宗师。光阴赋予他们简单，如初生婴儿一样的简单，一生都如此；又赋予他们深刻，深邃中透出灵光。

采访大师裴艳玲，她谈起戏来每每至深夜而毫无倦意。以为深邃到无法呼吸，纠正我说手眼身法步的错误，法为何法？非常正式。但她简单到只吃几样小菜，馒头、葱头、大蒜……还喜养犬。两只大狗，三只小狗，分唤大宝、二宝、大眼、小眼、花花。大宝身形巨大，扑上来，搭在她肩上。他们深情对看，她说："来，来，我们跳舞——嘣嚓嚓，嘣嚓嚓……"她与自己的爱犬跳舞，生动如少年。

她已六十四岁，还如此少年一样单纯。眼睛里全是干净与清澈。简单与深邃早已附体，既饱满又深刻，既说得清，又讲不明。

当然是这样。

活到一定境界，一定是似是而非。

见到江苏昆曲院周院长，第一面他便说："雪，你很简单。"几分钟又补充一句，"简单得非常饱满丰盈。"

我引为知己。

又简单又深邃，我知道，这是一种非常美妙的状态。我希望它早早来临，附于我的灵魂上，永不离去。

# 途 中 树

城市的四季，就这样从它们手掌一样向上托起
的枝干上滑过，犹如一叶轻舟，滑过江心的微波。

◎安 宁

我路过很多个城市、站台、村庄、小镇，我常常很快就忘记了
它们的容颜，还有那些模糊不清的路人的面孔，但那些一闪而过的
树木，却如一枚印章，印在我记忆的扉页，再也祛除不掉。

记得一次坐大巴，我从家乡的小镇去北京，有八个小时的行
程。是让人觉得厌倦的旅程，车上不断放着画面劣质的碟片，窗外
是大片的田地，在晚春里，千篇一律地绿着。车上的人皆在枪战片
的喊叫声里昏昏欲睡，我则看书，偶尔累了，才看一眼路边那些还
荒芜着的山坡，或者赶羊吃草的农人。

而那片花树，就是这样映入我疲惫视野的。它们安静地站在
路旁，接受着风雨，也迎接着沙尘。它们的周围，是堆积的石块、
砖瓦，还有日积月累吹过来的沙了、柴草。这是 片荒废的土地，
生命的脉象气息微弱。而那几株花树，却如此生机地点缀着这片荒
野。它们长在蓝天之下，并没有因为出身卑微就辜负了这一程春
光，反而愈发旺盛地绽放着。

它们的花，有绢纸一样的质地，微微地皱着，可以触摸到内里的经络。这一树花，竟有白色、粉色与紫红三种颜色。在阳光下，它们争先恐后地繁盛着，吸引着远道而来的蜜蜂、蝴蝶，还有我们这一车路人的视线。

　　我很快地拿出了相机，啪啪啪地拍了很多张照片。旁边便有人说，今日这些花朵，明日就全谢了，也只有在你相机里才能长久。我不解，他细细讲述。这才知道，这种绚烂的花树，名叫木槿，此花朝荣夕衰，但旧的凋零，即刻有新的补上枝头，所以在整个春夏之日，路过此地的车辆，总不会错过它们这一场美丽的花期。

　　我一直觉得，它们是为每一个路过的旅客而生的。它们站在天地之间，用最盛烈又最质朴的姿势，给每一次注视一次温暖的慰藉。这样的慰藉，是双向的。我相信我那一眼的惊异，也曾为这几株孤单的木槿以及那些只有一次生命的花朵，注入过点滴的勇气与信念。尽管，木槿本身，所代表的就是坚韧永恒的美。

　　我也记得在一些火车只停留一分钟的小站上，有时会见到一株株向上寂寞伸展的法国梧桐。它们灰褐色的枝干，沉默着冲向那暗灰的天空，犹如一个寡言的男人，背负着俗世中的责任，一言不发地前行。

　　如果是夏日，它们密实的枝叶会给那些生活枯燥单调的小站服务者以最切实的阴凉与安慰。它们阔大的叶子，承载着这个站台火车穿梭般过往时留下的尘灰，还有那巨大无边的"哐当哐当"声。这是一种胸怀极为宽广的树木，它们不仅生长在旷野，更葱郁着城市。它们吸附着人类排解的垃圾，却吐露着洁净的绿色的空气。而且，一旦在城市扎根，它们便努力地向上向下伸展，试图将那野性的生命，注入嘈杂喧嚣的人群。

而在冬日的旅行中，它们那裸露的遒劲的枝干，则同样温暖着旅人无处可以安放的视线。它们的科属，是悬铃木，很美的名字。你们可以想象，在冷寂的冬日里，它们挺拔地站在薄凉的阳光下，每一个枝干上，都悬挂着乖巧的"铃铛"，犹如圣诞树上挂着的糖果。风吹过时，它们在风里发出细微的响声，只有细听，你才能分辨得出，哪一种声音才是那些可爱的小球发出的絮语。

城市的四季，就这样从它们手掌一样向上托起的枝干上滑过，犹如一叶轻舟，滑过江心的微波。

而人的生命，也在与这些绽放或者不绽放的树木的注视中，穿过一重一重波澜起伏的春秋。

# 心怀的训练

生命是一场漫长的马拉松赛跑，最终比的是耐心、毅力和恒心。心怀的训练，应是我们长久的、一辈子的修行与事业。

◎王艾荟

这世上，有一些人，生来就有大胸怀、大气魄，能成就大事。当然，这是极少数人，是伟人，使人望尘莫及。

然大部分平凡如我辈者，天性中总难免自私、狭隘、小气的成分作祟，这就需要在后天成长的过程中，刻意做一些心怀的训练与培养。要懂得善良慈悲、宽仁体谅、潇洒豁达，心情的磨炼使我们圆融，能忍能让；要学习洞察世事、通晓事理、练达人情，智慧的修行使我们通透，能看得开放得下。

对于一个人而言，心怀的训练，比起智力、体能、技艺这些关乎生存实际的训练往往容易为人忽视，却尤为重要，不可或缺，受益无穷。因为它在某种程度上将决定一个未来生命的高度、广度与质量，决定他能站多高，走多远。

在刻意的训练之中，随着年龄、阅历、学识、经验的不断增长，我们发现，自己的心怀，由青涩懵懂少年的不谙世事、敏感偏执、锋芒毕露，渐渐变得柔软、开阔、平坦、坚实，由最初的心门紧锁、透不进一丝亮光，到清浅的小溪，游些小鱼小虾，直到波平浪缓，撑得下一条船。这样的训练，使我们的生命无论降临在哪个原点与层次，都能向上迈进，跳脱出来，居高望远，感受天高云淡，惠风和畅，活得敞亮、宽松、自由自在。

事实上，与事计较、与人争锋，很难分出个是非长短、胜负对错，生活本就是一团乱麻、一潭泥淖，别指望有谁随时站出来为你主持公道，更何况，也没有谁有资料、有能力做生活的裁判。就算偶尔赢了，占了上风，也别得意，充其量说明你与这人、这事不过棋逢对手，属于同等级同重量的选手，谁比谁也高明光彩不到哪儿去。

英国作家狄更斯在诗中写道：

> 你，
> 不要挤！
> 世界那么大，
> 它容纳得了我，
> 也容纳得了你。
> 所有的大门都敞开着，
> 思想的王国是自由的天地。
> 你可以尽情地追求，
> 追求那人间最好的一切。
> 只是你得保证，

保证你自己不使别人受到压抑。

……

给别人生的权利，

活的余地，

不要挤，

千万不要挤！

这美妙而深邃的诗句，让人心定神宁，豁然开朗，体会到生之广阔自由，世界之丰富包容，原来，我们有更加值得追求的高远的境界、宏大的目标、富有意义的人生，而非拘囿于眼前的蝇头小利、营营役役。

生命是一场漫长的马拉松赛跑，最终比的是耐心、毅力和恒心。心怀的训练，应是我们长久的、一辈子的修行与事业。它需要自我教育、自我引导、自我训练和自我完善，它能帮助我们随时祛除心灵的污浊、混乱、拥挤和丑恶，保持心地的纯净良善、心境的安然笃定、心胸的开阔辽远，从而将有限的时间、精力去关注自我，关照内心，投入到美好、健康、有益的事物，而非陷入那些虚无乏味、鸡零狗碎、乌烟瘴气、永无宁日的人事争斗与世俗纷扰之中，徒徒耗空了生命。

# 眼是笨蛋手是好汉

人的一生，只要坚持动手，做什么事情都可以
成功。

◎年　民

许多年前，读小学，每天放了学，母亲便让我和妹妹进磨坊，帮着推磨。看看磨盘上一堆苞米，再看看炕上一袋袋粮食，心里就嘀咕，什么时候才能够推完呢？母亲说："别老看磨盘，双手抱紧磨棍，一直推下去，活儿总有完了的时候。往手里吐口唾沫，低着头，只管推。"一个小时后，一家人三天的粮食磨出来了。

三十年前，家里承包了十几亩地，一年到头忙，农活儿多时，看看都发愁。记得一年麦收时节，我们家种了八亩麦子，只靠我和妹妹、母亲收割麦子，父亲胳膊有残疾，只能打个下手。人手少，活儿多。看着满地里的望不到头的麦田，我真是畏难发愁，浑身无力，蹲下割一气，站起来看看，还是看不见地头。于是牢骚满腹，对母亲发火，埋怨承包的地多。五十四岁的母亲始终不言语，打上头，弓腰在麦畦里，便不再起身，一直割到地头。我简直不相信，母亲这么顽强。我实在忍不住了说："妈，咱雇人吧！这么多麦子，哪能收割完哪？"母亲说："上哪里雇人？还得靠我们自己。

别看这么多麦子，眼是笨蛋手是好汉，干着干着就完了。"

在母亲的鼓励下，我和妹妹横下心来，埋头苦干，起早拉晚，不到十天就收割结束了。

当金晃晃的麦子堆在场院上，心里还是非常高兴的，为自己的劳动，为自己的坚持。我们自己完成了任务，节省了雇人的开支。想到母亲的那句话，眼是笨蛋手是好汉，很是佩服母亲的哲理。

眼睛往往放大面前的困难，误导你，麻痹你，从心理上打败你。世界上有许多事情，被眼睛迷惑，所以不要完全相信你的眼睛。有一分困难，眼睛会给你放大十倍。只有双手，默默无闻，扎扎实实，一点点地做下去，一点点地消却眼前的活计，直到战胜一切困难。手是真正的好汉，一个顶天立地的忠实伴侣。它诚信于我们，面临一切困境，冲锋在前，即便再艰险，不离不弃。

人的一生，只要坚持动手，做什么事情都可以成功。

离家在外工作，我每逢碰到困难，会想起母亲的这句话，便勇气百倍，一切困难不在话下。无论在哪里，只要双手在，你就有了好汉的相帮，你就会养家糊口，你就会为社会奉献。所以，善待你的双手，那是你的财富。

# 卡夫卡的劝告

不要在得失之间煎熬，得到的没有得到，失去
的也并没有失去。

◎柳再义

　　小说家卡夫卡曾经告诫读者："没有必要走出屋子。你就坐
在桌旁倾听吧。甚至倾听也不必，仅仅等待就行了。甚至等待也不
必，保持完全的安静和孤独好了。"他说，这世界将会在你面前自
愿现出原形，不会是别的，它将如醉如痴地在你面前飘动……

　　所以，在雨中奔跑是没有用的，跟时间竞争是荒唐可笑的。

　　我并不认为上蹿下跳才是精彩的生活，那么多么像猴子，也是
一种劳碌。可以燃烧得充分一些，但是不要弄得狼烟四起。我从容
地坐着，品茗闻香，任市场经济的列车开过。这都仿佛与我无关。
我看见地球照样在转动，阳光从高空洒落下来，时间如小溪一样流
淌。花开花落，似乎从来也未曾离去。在这些更替里，我看不见任
何忧伤。

　　大海，从天空看都是蓝的，从远处看都是平静的。

　　我在我的内心航行。这个世界，我听从卡夫卡的劝告。我就坐
在原来的地方。没有什么能够阻挡，于静谧之中抵达远处。时光、

距离，还有市井的嘈杂声，都被拆卸和隐藏。我看不到被时空束缚的场景，集合而来。我就坐在屋里行走天涯，又像是翻看人生的画卷，而日子，也更加优雅了。

不要去占有那些存在吧，它们本身就已经存在。如果你这么做，就会轻松得多。人们辛苦追逐的恰恰是那些多余的东西。不要在得失之间煎熬，得到的没有得到，失去的也并没有失去。

# 0.8 哲学

"0.8哲学"不是不进取，而是给自己留一点
点空间，像水墨画的留白。

◎新　月

"0.8哲学"是开始悄悄流行的新词汇。

"0.8哲学"，其实是一种生活态度，凡事不求完美，但求八
分好。

从小到大，我们被要求做每件事都必须"全力以赴，做到最
好"。但事实上，"全力以赴"不一定就能"做到最好"，期望越
大，要求越高，包袱越重，出错的概率相应也越高。一个人若永远
处于神经线被绷至极限的高度紧张状态，不给自己喘息的空间，不
给自己转圈的余地，那么，一旦不能成功，则无可选择必须成仁。
承受的是成功的希望与失败的现实间巨大的落空，代价惨烈。即使
成功了，付出的成本也许是生理或心理健康永久受损。那么多人处
于亚健康状态，早该促使现代人反思自己的生活态度了。

"0.8哲学"不是不进取，而是给自己留一点点空间，像水墨
画的留白。吃饭八分饱，让胃部吸收得更好；做事出十分力气，
推迟八分期望；爱一个人，留两分自由呼吸的空间给对方，而不是

困在两个人的狭小空间，把对方呼出来的二氧化碳当作生活元素来消耗。

这里，用"0.8哲学"跟大家共勉，凡事留一点儿力，我们才有耐力把路走得更好。

# 一　直

一直，是近乎禅定的状态；一直，是毫不动摇
的坚守；一直，是承诺后用生命践诺；一直，
是有一说一、说一不二。

　　一直，这是一个穿透力极强的词。下定决心，朝着一个方向努力，不绕弯，不回避，不停顿，就这么一条路走下去，不破楼兰终不还，破了楼兰挂花环。

　　一直，是一种难能可贵的钻劲儿。信念的钻头义无反顾地直下地层，穿越砂浆，掘得汩汩清泉出，水流潺潺是成功的奏鸣声。

　　一直，就立定脚跟；一直，就心无旁骛；一直，就不离不弃；一直，就海枯石烂；一直，就曾经沧海；一直，就专注一念。

　　一只鸳鸯只爱另一只，一面镜子破了再难重圆，一只熊猫只吃一种叫竹子的植物，一颗心装满了爱再也容不下别的心。

　　一直，从字形上看，"一"是一条直线，"直"是一架头顶"十字架"的梯子，从一而终，直达目的。真是一笔一画都渗透了阳光的字眼。

　　一直，是近乎禅定的状态；一直，是毫不动摇的坚守；一直，

是承诺后用生命践诺；一直，是有一说一、说一不二。

想起一首诗里的句子："愿得一人心，永世不相移。"两句话，浓缩成两个字，还是"一直"。

一直，又是一个美好到近乎残酷的词。有些傻傻的执着，有些憨憨的苦恋，有些笨笨的追随，甚至还有些无法批评又无法改变的愚忠。

一条路走到天黑，撞了南墙也不回头，宁愿翻墙过，或者索性拆墙，这不是直性子了，而是多少有些不会变通。

一根竹竿插到底，断了折了扭了碎了也不改变，甚至有些"明知山有虎，偏向虎山行"的架势，非要争个鱼死网破。

一把尺子量到底，不管是象腿还是鼠脚，不管是鸡胸还是猪乳，不管是鱼鳍还是鸟翅，都要用一种标准去丈量，多少有些愚鲁莽钝。

一直呀，有好处也有坏处，有优势也有劣势，关键还要看在哪里用。大方向上不可撼动分毫，小细节上蜿蜒巧雕，未尝不可；原则上锱铢必较，感情上宽宏大度，也不失为妙。

一直，要在生命里的坚硬处用，在柔软处动，活用巧动，人生大幸呀！

# 为人生建一座"且停亭"

人生其实恰如一趟旅程，我们路过的每一个驿
站，都是一处风景。

◎娄　月

　　有一个身家千万的老板，经营一家公司二十余年，每天从早
忙到晚，即使下班了也要参加各种应酬，很晚才回家，即使节假日
也从来没休息过，像一个上满了发条的闹钟一样，一刻不停地转动
着。超负荷的工作，终于使他心力交瘁。他病倒了，到医院里检
查，医生怀疑他患的是绝症，便留他住院检查。这样一来，他感觉
害怕了，他开始不断地回忆从前的日子，发现二十多年来，他只是
为了钱而拼命工作，竟然没有让生命停下来好好欣赏一下美丽的风
景，也没有好好陪伴家人……于是他说："如果我得的不是绝症，
我以后一定要好好享受生命，拿出大块时间来去各地看风景，陪陪
家里人！"几天以后，检查结果出来了，他得的是一种瘤，好在是
良性的，做过手术就会没事。他非常高兴，手术成功后，他聘用了
一个亲属做公司的总经理，自己只当董事长，把公司具体经营业务
交给了总经理，自己带着家人四处旅游，欣赏大好河山，他的生命
也因此回归了本真的充实。

大二那年，我们全班同学去爬山。到了山脚下，同学们都急着快点儿登上山顶，便争先恐后地往山上爬。等我们到达山顶以后，大家放眼望向远方，蓝天白云如画一般，我们都很激动。这时，我们发现同班的一个男生没有上来，于是就一起喊他，过了一会儿，他才慢慢地到了山顶。我们问他为什么上来这么晚，他说他一边走一边欣赏沿途的风景，看到好风景就停下来欣赏并拍照，所以上来的就晚了。几天以后，他把所拍的照片冲洗出来，我们惊讶上山的路上竟然有那么多好的景致，可我们却只顾着向山顶爬，错过了那些好景致。而那个男同学却懂得慢慢地走慢慢欣赏的道理。

李渔是清朝的戏曲理论家，老家是浙江兰溪的。有一年，他在老家建了一座亭子，亭子很普通，是随处可见的那种亭子，但他却给亭子取了个很另类的名字，叫"且停亭"。什么意思呢？李渔是想告诉走累了的人，不要只顾着急急赶路，如果累了，就停下脚步，且到亭子里休息一会儿，给自己的心灵放放假。他还给亭子写了一副对联，上联是"名乎利乎道路奔波休碌碌"，下联是"来者往者溪山清静且停亭"。

人生其实恰如一趟旅程，我们路过的每一个驿站，都是一处风景。匆匆而过难免会留下遗憾，当我们走得急了，累了，如果能停下来欣赏一下风景，就会愉悦我们的身心，使我们拥有一段充实的人生旅程。别为赶路而错过了风景，当我们终日为事业苦苦打拼，而忘了享受生命的乐趣时，别忘了提醒自己：且停下来，欣赏啊！

# 世间万物皆为师

向世间万物学习，才能不断提高自己；拜世间
万物为师，才能谦虚谨慎循序渐进。

◎谢祺相

　　子曰："三人行，必有我师焉。"从字面上讲，说的是三个人
当中，必定有一个人有我可以学习的地方。推而广之，世间万物，
不管是有生命的还是无生命的，不管是动物还是植物，不管是高贵
还是谦卑，都有值得学习的地方。一个人需要学习的不只是知识，
还有修养、气质以及为人处世的方式，而世间万物都有其独特的灵
性，正是值得我们学习的地方。

　　草木庄稼众多，从卑微小草到高大树木，从艳丽花朵到饱满果
实，都值得我们学习。我们向草木学习生长和适应能力，植物再卑
微，都会在春天返青，在盛夏生长，在秋天结出果实籽粒。我们人
类拥有比草木更高的智慧，却缺少它们无怨无悔的倔强精神。只要
有一点儿泥土和水分，草木都会发芽生长，而我们人类在面对困难
时，往往会怨天尤人，甚至失去生活下去的勇气。再看树木，不管
是名贵的珍稀物种，还是遍布山野乡村的寻常树木，都会直直地向
上生长，以无限的热情去展示自己，去接近天空。而人类多的是抱

怨，是懈怠，如果能够学习到植物的谦虚和顽强，从体质到精神我们都会焕然一新。

人们对动物最熟悉不过，在家有家禽、家畜、宠物，出外有小鸟、蝴蝶、蜜蜂，电视里还有总也放不完的《动物世界》。动物不仅是我们最好的伙伴，更是我们的老师。例如狗的忠诚，牛的任劳任怨，马的长途奔波，都是值得我们虚心学习的优良品格。鸟儿在蓝天翱翔，我们应该学习它们向往自由的精神；昆虫仅仅存活几天仍然活得精神，我们应该学习它们珍惜生命的可贵。蜜蜂采蜜，蚂蚁搬家，这都是昆虫界的劳动模范，让我们在学习中勤劳起来。甚至人们不太喜欢的动物，例如老鼠、蚊子，它们面临很多强大的敌人，仍然可以很好地存活和繁衍，我们应该学习它们面对危机时的沉着和解决危机的能力，这样才能坦然面对各种自然灾害，才能更好地创造美好家园。

即使没有生命的物体，例如大海，我们要学习其博大的胸怀；例如高山，我们要学习它们的远大目标；例如白云，我们要学习它们的从容和淡然。向世间万物学习，才能不断提高自己；拜世间万物为师，才能谦虚谨慎循序渐进。我们在学习中会更加强大，更能体会到生命的本真。

# 永远在路上

人生是一趟没有目的的旅行，因为它的没有目的性，我们将永远在路上，享受旅程的美好。

◎刘卫平

人生，就是一趟长途旅行。而我们，就在这漫长的长途旅行中慢慢成长。

一位哲人说道："一趟长途旅行，意味着奇遇，巧合，不寻常的机缘，意外的收获，陌生而新鲜的人和景物。总之，意味着种种打破生活常规的偶然性和可能性。所以，谁不是怀着朦胧的期待和莫名的激动踏上旅程的？"

从记事起我们就已经身在这趟名为"人生"的列车上了。一开始，我们并不关心它开往何处。孩子们不需要为人生安上一个目的。我们趴在车窗边，小脸蛋儿紧贴玻璃，窗外掠过的田野、树木、房屋、人畜无不可观，无不使我们感到新奇。童年的时光已经开始了，我们奔跑在走向青年的旅途中。

不知从何时起，车窗外的景物不再那样令我们陶醉了。这是我们告别童年的一个确切标志，我们长大成人了。我们开始对前途充满幻想，我们开始拥有理想和目标。我们相信列车将把我们带往一个美妙的地方，那里的景物远比当涂优美。我们在心里悄悄给那地方冠以美好的名称，名之为"幸福""成功""善良""真理"，等等。青年的时光匆匆而过，我们已经走上了奔向中年的旅途。

这时，我们不免感到，时光消逝得如此之快。美好的童年、美好的青春在这趟特快的"人生"列车上转瞬即逝。我们终于怅然发现，与时光一起消逝的不仅是我们的童年和青春，而且是由当年的人、树木、街道、房屋、天空组成的一个完整的世界，其中也包括我们当年的爱和忧愁、感觉和心情，还有我们当年的整个心灵世界。

时光已逝，但列车还在前行，我们依然在路上。

年龄愈大，则感到光阴流逝愈快，我们也更加懂得珍惜剩余的时光。我们开始陪孩子读书，陪父母消遣。我们不舍昼夜，辛勤劳作，为了有生之年能够有所斩获，能够让后来人比我们幸福，让老年人能够安度天伦之乐。

子在川上曰："逝者如斯夫，不舍昼夜。"时间从未停止过。光阴何尝不是这样一条河，可以让我们伫立其上，河水从身边流过。而从我们身边流过的东西，不是河水，就是我们的生命。我们一步步走向暮年，走向整个人生旅途的终点——死亡。

回头望，早已不见了来时的路。但我们依然在路上，震荡向已知的终点。既然已知终点，我们何不放开怀抱去拥抱旅途的美丽风景，就像儿时一样，没有目的，只为旅程的美好。

人生是一趟没有目的的旅行，因为它的没有目的性，我们将永远在路上，享受旅程的美好。

# 筷子上的修为

一个人的一生，诱惑何其多，但要时刻对欲望
加以节制。好的东西，更不能占为己有，要与
人分享。

◎龚细鹰

一天与一位朋友吃饭，恰好父亲来看我，我便把父亲接来一起
吃。父亲是个寡言之人，吃饭期间，他一直静静地听我们聊天，很
少插话。回家的路上，父亲说："你这个朋友，不可深交。"

我愕然，问道："爸，怎么了？"这个朋友，是因生意认识的，
我与他合作过几次，对他印象不错。

父亲说："虽然我对他不甚了解，但从吃相看，基本可以估摸
出他是个怎样的人。"

算起来，这是我与朋友第二次在一起吃饭，我对他的吃相没怎
么注意。

"我注意到他夹菜的一个习惯性动作，他总是用筷子把盘子底
部的菜翻上来，划拉几下，才夹起菜，对喜欢吃的菜，更是反反复
复地翻炒，就好比把筷子当成锅铲，把一盘菜在盘子里重新炒了一
次。"

我不以为然："每个人习惯不同，有的人喜欢细嚼慢咽，有的人喜欢大快朵颐，不可苛求。"

父亲摇摇头说："如果一个生活困窘的人面对一盘盘美味佳肴，吃相不雅可以理解，可你这位朋友本是生意之人，物质生活并不困苦，如此吃相，只能说明他是个自私、狭隘之人。面对一盘菜，他丝毫不顾忌别人的感受，用筷子在盘子里翻来覆去地炒，如果面对的是利益的诱惑，他一定会不择手段，占为己有。"

接着，父亲讲起他小时候的故事。父亲五岁时，爷爷就去世了，孤儿寡母的日子过得极为窘迫，常常食不果腹。有时去亲戚家做客，奶奶会提前反复叮嘱父亲："儿啊，吃饭时一定要注意自己的吃相，不能独自霸占自己喜欢吃的菜，那会被人耻笑的。我们家穷，但不能失了礼节。"奶奶的话，父亲铭记于心，即使面对满桌美味佳肴，他也不会失态，总能控制有度。

末了，父亲意味深长地说："不要小瞧一双筷子，一个小小的细节，可以看出拿筷子者的修为和人品。"

后来发生的一件事，印证了父亲的话，为了一点儿蝇头小利，那位朋友果然弃义而去。

从此，我一直谨记父亲的话，一个人的一生，诱惑何其多，但要时刻对欲望加以节制。好的东西，更不能占为己有，要与人分享。提炼做人的品质，应从一双筷子的节制开始。

# 临摹裂缝

临摹的最高境界就是自然、随性、脱俗，而不
是在自己的世界里孤芳自傲。

◎陈晓辉

有一非常出名的临摹师，其临摹技艺超群，享誉圈内。他带
有三个徒弟，每个徒弟都几乎得到了他的真传，临摹真品，胜似真
品，更在颜料、颜色和纸张素材等细节方面，处理得精致微妙。只
是徒弟们在为人处世和心态修养上，未及师父，个个恃才自傲，接
别人的活计时，都显得很清高。

临摹师准备收山，退出江湖，过恬淡安寂的隐居生活。在正式
退出前，他想以一次考试的形式，让徒弟们懂得谦卑，让他们知道
他们并未掌握最高超的临摹技艺。

临摹师把徒弟们聚在一起，然后从私藏箱子里拿出一幅壁画。
当临摹师拿出这幅壁画还未说话时，就有徒弟等不及说："师父，
您是不是让我们临摹这幅壁画？如果是，那不必考验了，我们保准
个个都是满分。"是啊，在徒弟们眼中，临摹已然是小菜一碟。

临摹师微笑，只见他将壁画平整地放在桌面上，用手掌撑住
壁画左右两边，稍微地用力，壁画中间就出现了一条裂缝，然后他

把壁画朝墙壁上挂起，让徒弟们开始像刚跟师父学习时一样用心临摹。谁若能临摹得完美精致，谁就能得到师父亲手赠送的礼物。

临摹开始了，徒弟们个个屏息专注，想在师父面前一展技艺。时间一分一秒过去，原本三个徒弟都信心满满，觉得这临摹是小菜一碟。可是，当他们将壁画周围的颜色、布局、风景等都临摹好后，准备临摹中间的那条细缝时，个个都愣住了，不知如何下手。因为细缝虽不大，但是壁画处在不同的微动状态时，细缝的形状也会改变。这一条小小的细缝，居然成了他们的难题，直到一个小时结束后，临摹也没有完成，个个尴尬不已。

这时，临摹师起立，不语，轻轻离去。徒弟们把壁画取下来，想看下细缝到底如何临摹，只见壁画的卷轴里明显藏有一纸条，纸条上面写着：

> 技艺再高超，也无法临摹自然的裂缝；声誉再尊贵，也无法控制自然的风雨。在这世上，要想超越自己，赢得他人永恒的尊敬，唯有谦卑谨慎，孜孜不倦地探索，心诚、戒傲，如此，手中的笔才能有画魂。临摹的最高境界就是自然、随性、脱俗，而不是在自己的世界里孤芳自傲。

徒弟们读完，羞愧不已，各自低下了头……

是的，裂缝是时间的艺术痕迹，风雨是人生历经的必须，它们不会因为我们的名誉、身份和地位而改变。世间任何的技艺，最高超的永远都是一颗自然而然、不谄媚、不孤傲、不自卑、懂得谦卑的坦然与坚定之心！

# 谁傻谁聪明

人太聪明，凡事就会看得太清楚，而看得太清
楚，就很难走得更远。

◎鲍海英

多年前，马云在美国讲述他的宏图大略时，有人嘲笑阿里巴巴
的商业模式就像要把万吨轮船抬到喜马拉雅山上。

接下来的很多年，这样的质疑声一直都未停息。而在阿里巴巴
成立十周年的庆典上，马云说，在别人的嘲笑中，他是凭着"又傻
又天真"的坚持才走了过来，并带动了中国电子商务行业的发展。

马云的傻，是对自己所做事情的乐观和坚定。他没有因别人的
否定而动摇，而是发自内心地相信自己一定会成功。

再说另外一件事情。在一次电影发布会上，陈凯歌给葛优鞠
了一躬，说："你是个真演员，我从你身上学到了许多。谢谢。"
这对于一贯挑剔的陈凯歌是极罕见的。他后来解释说，葛优是真演
员，是因为他很天真，天真得甚至有点儿傻。拍《赵氏孤儿》时，
他跟葛优说戏，说到感人的情节，葛优居然哭了。陈凯歌觉得好奇
怪："这是戏啊，你怎么一听就哭呢？"而且葛优在圈里混了这么
久，拍了那么多戏，居然还能有这种傻劲儿，实属不易，也确实令

人赞赏。

这个世界很奇怪，我们今天能看到的，往往不是本来的样子。对你掏心掏肺的同事，都可能黑过你很多次……其实看透还不如看不透，不如傻一点儿，相信表面的美好，日子就会风平浪静。

在成功的路上，一个人有点儿傻，确是好事。很难想象，一个自以为聪明的人，他能干出只有"傻子"才会干的事。这就像演一出戏，你总是一边演一边想：这是假的，演对手戏的演员是装模作样，导演私底下给谁加了片酬……如此这般，这戏就没法演了。

人太聪明，凡事就会看得太清楚，而看得太清楚，就很难走得更远。

所以，真没必要为自己不够聪明而难过，在人生事业的路上，我们不妨在身上保留一点儿傻劲儿，对理想信念有所秉持，有所憧憬，带着一点点傻劲儿做该做的事，这样的人生不但有意义、有价值，而且说不定真的应了一句话：谁傻谁聪明。

# 苍凉与悲壮

生命只是匆匆过客，何不让它充满魅力与活力，
充满浪漫与神秘？

◎包光潜

从审美的角度来讲，我更喜欢苍凉与悲壮，大凡男人，基本如此。无论是"风萧萧兮易水寒，壮士一去兮不复还"，还是"劝君更尽一杯酒，西出阳关无故人"，都令有泪不轻弹的男儿难掩几分哽咽。"夕阳西下，断肠人在天涯"，这虽然是游子的苍凉，却也是壮美的。男人读之，谁不为之动容？

非常感谢唐诗宋词给我带来那么多的苍凉与悲壮之美，让我这个被俗事缠绕的俗人，多了几分美的感受和心灵的感应。人生有了这样的美的陶冶，灵魂也必然在壮美中升华。我时常情不自禁地朗诵那些苍凉与悲壮的诗句——

> 醉卧沙场君莫笑，古来征战几人回。
> 羌笛何须怨杨柳，春风不度玉门关。
> 黄沙百战穿金甲，不破楼兰终不还。
> 不知何处吹芦管，一夜征人尽望乡。
> 大漠孤烟直，长河落日圆。

音乐也是如此，譬如腾格尔的歌和草原上的马头琴。每当苍凉与悲壮的音乐响起的时候，我的脑海里就闪现壮丽的草原，有如一幅长卷那么优美，那么壮阔。"父亲的草原，母亲的河"，在我的脑海里烙下深深的印痕和美感。

我多少次向往雪域高原和苍凉的戈壁，它们无数次出现在我的梦境中。我愿意为它去流浪、去放牧、去格斗，宁愿葬身狼口，也不愿意苟活在尔虞我诈的俗世。被烟火遮蔽的尘世，人类一边欺诈，一边享受永无餍足的物质生活。

男人，即便不能随心所愿地策马高原、挥剑戈壁，起码也应该有过对苍凉与悲壮的向往。否则，你就不是一个真正的男人、一个血性的男人。野蛮是丑陋的，但男人的野性却充满粗犷的壮美。当男人渐渐地离我们的生活越来越远的时候，我的心里也是一样充满苍凉与悲壮。我回味那些别人经历过的苍凉与悲壮，总在心里营造一个自己的美丽的浪漫，譬如远离故土，放逐身心，在伟大的自然中消释疲倦、荡涤灵魂；看苍山，望绿水，做一件充满激情与野性的浪漫之事。年老的时候，回味过去，啊，我这一辈子还是值得的，原来我也是男人，至少曾经是个充满魅力的男人。足够了。然后，安详地闭上眼睛，没有忧伤，没有遗憾。

苍凉与悲壮，不只是男人的一个梦想。它应该是现实的，应该是男人付诸行动的行为追求，但不是行为艺术。男人应该回到本位，即男人的本性，充满狂野，充满活力，充满力量。在阳刚中展示苍凉，虽非悲壮，却有悲壮的担当。

苍鹰的盘旋，大雁的哀唳，红狐的飞窜，胡杨的千年不老万年不死……所有这些都历历在目时，我们才真正忘记俗世凡尘中的烦恼与悲伤。生命只是匆匆过客，何不让它充满魅力与活力，充满浪漫与神秘？

面对鬼斧神工的自然产生苍凉与悲壮的感慨，面对人生重大变故或事情，也会产生这种苍凉与悲壮的感觉。在经历了一场轰轰烈烈的城市拆迁后，我感受到人世间的怪唳与阴鸷。但我摆脱了它们。在苍凉与悲壮中，我不回头地走向远方。孤独在我的心头弥漫，苍凉鼓荡起我的心帆。我大步流星地去了，不屑于路途上的野花野草，一直走向苍凉的戈壁，悲壮的草原，生命的炼狱。

在苍凉与悲壮中，我的灵魂再一次得到了升华。

# 管好自己的舌头

语言是一把双刃刀，当我们兴冲冲地去对别人
说三道四时，我们自己也会受到伤害，只是我
们没有发觉而已。

◎钟精华

一天，一个人急急忙忙地跑到某位哲人那儿，说："我有个消息要告诉你……"

"等一等。"哲人打断了他的话，"你要告诉我的消息，用三个筛子筛过了吗？"

"三个筛子，哪三个筛子？"那人不解地问。

"第一个筛子叫真实。你要告诉我的消息确实是真的吗？"

"不知道，我是从街上听来的。"

"现在再用第二个筛子审查吧。"哲人接着说，"你要告诉我的消息就算不是真实的，也应该是善意的吧？"

那人踌躇地回答："不，刚好相反……"

哲人再次打断他的话："那么我们再用第三个筛子。请问，使你如此激动的消息很重要吗？"

"并不怎么重要。"那人不好意思地回答。

哲人说："既然你要告诉我的事，既不真实，也非善意，更不重要，那么就请你别说了吧！这样的话，它就不会困扰你和我了。"

有时候我们着急告诉别人的事情，也像这个人要告诉哲人的消息一样对人对己毫无益处。如果我们先用"真实、善意、重要"这三个筛子筛一下我们要说的话，我们就会发现，很多话其实根本不必说，也不用说。

语言是一把双刃刀，当我们兴冲冲地去对别人说三道四时，我们自己也会受到伤害，只是我们没有发觉而已。学会掌管好我们的舌头吧，不要让它任意妄为。你会发现：当你管好了自己的舌头，你就能管好自己的生活。

# 缘何百岁作家多

每天的生活有目标，每日的生活有乐趣，自然
也就心胸开阔，益心健体。

◎彭永强

长命百岁是很多人的理想寿命，也常被用来祝福老人乐享长
寿。既然是一种理想状态，在现实生活中，真正能活到一百岁的
人，当然也就寥寥无几了。然而，有一种现象却值得我们关注，那
就是长寿的作家，相比而言是非常多的。

就我们熟悉的作家而言，活到一百岁左右高寿的，的确不少。
巴金、冰心、叶圣陶、臧克家、苏雪林、钟敬文、季羡林、纪弦，
等等，均以将近一百岁甚至百岁以上的年龄辞世。杨绛、马识途都
已一百余岁，仍然健在，偶尔还有一些作品问世。

依照大多数人的思维来看，作家大多是文弱之人，经常待在书
斋，不爱活动，体质相对较差。缘何这么多文弱之人都能享受百岁
高寿呢？在我看来，作家们的养生不仅仅在于"养身"，更重要的
是在于"养心"。

作家尚勤。我们不难发现，这些百岁作家们，无一例外都是
极其勤奋的。佛家讲究"一日不劳，一日不食"。这一点，也是不

少作家的生活信条。许多作家哪怕是在耄耋之年，仍然坚持每天读书、写作。勤奋而规律的生活，不仅让他们有张有弛，劳逸有度，更重要的是让他们体会到了生活的价值，有一种成就感充溢在胸。每天的生活有目标，每日的生活有乐趣，自然也就心胸开阔，益心健体。

作家尚静。这里所说的"静"，是指心态的静。诸葛亮《诫子书》中所讲的"静以修身，俭以养德"，也就是这个意思。由于在书籍里见遍了人生百态，白云苍狗，作家们大多都能保持一份平静的心态，力图做到宠辱不惊，避免大悲大喜、喜怒无常等过激情绪的刺激。心态平和，身体也就处于一个相对稳定的状态，于抵御疾患，大有益处。

作家尚思。法国的笛卡尔有言："我思故我在。"对于作家而言，思考更是一项必不可少的活动。适当的思考，堪称保持记忆力、预防老年痴呆的灵丹妙药。写作的过程，也是一个思考的过程，同时，按照弗洛伊德的观点，写作还是一个做白日梦的过程。依靠思考和写作，作家们可以实现自己潜意识里的梦想，必定身心愉悦，体健身轻，自然而然也就增加了健康与寿命的砝码，一点一滴积累起来，享受高寿便是情理之中的事了。

百岁作家们的长寿之道，并非适合每一个人去搬套，但勤劳、平和、多思等生活状态，对于我们养生大有裨益。

# 赶马的道理

真正会赶马的，都是用心疼马，就像对待自己
儿女一样，时间长了它们肯定跟你一条心。

◎赵立波

　　我小时候的乡下，处处是离不开马的。耕地、拉车，甚至去很
远的县城都要套上马车才可以出行。

　　我十一岁那年，由于大伯跟父亲分开种田，不再合作。这样的
时候，耕地就缺了赶马的助手。我心疼母亲，知道她再苦的活儿都
不怕，只是这赶马的事情，真的叫她怕得不行。我主动跟父亲说：
"您来教我赶马，我替妈妈，她太怕马了。"

　　父亲听完我的话，很是激动。因为我七岁那年，曾经从马背上
摔了下来，自此再也不敢骑马了。

　　父亲说："咱家的马都不乱踢人，你慢慢来就好了。"

　　我点点头。

　　家里有两匹马，一匹红马，性格温顺，肯干；另一匹是白马，
脾气有些不好，还偷懒耍滑。我那时候真是小孩子气，每当白马故
意放慢速度的时候我就用鞭子狠狠地抽它，把它抽得往前窜跑，铁
犁也被它拉得乱七八糟。红马老实却胆小，每次抽打白马的时候它

也吓得又躲又闪，一双大眼睛充满了恐惧。浑身汗水湿透的它气喘吁吁，着实可怜。

父亲告诉我，最好别在犁地的时候打马，越打就越是不行，有时候鞭子只是一个信号，举一举鞭子就已经达到目的了。当时，这个道理我并不能真正明白。直到有一次，我把耕了一天地的两匹马卸下套来，因对这匹白马充满了恨恶，决定在家里的平地里好好教训它一顿。于是我背着父亲，偷偷地把它牵到旷地里，扯住缰绳就狂抽起来。白马顿时痛苦地鸣叫起来，最后被我打急眼了，扬起脖子奋力甩开我手中的缰绳，扬长而去。看着四处惊慌疯跑的白马，我顿时吓得呆在那里。

最后，幸亏大伯叫人，四处寻找，才把白马找回来。

父亲当时对我的行为非常生气，但是没有打我的意思。在我的记忆里，很少被他打，只不过这一天他的脸色极为难看。直到晚饭后，他带着我要我亲自去给白马添料喂草。我不明白，但还是勉强去做了。白马看到我，惊慌不已，连连后退。我一慌张，草料也撒了一地。最后不得已还是父亲去给添了草料。

父亲对我说："你知道吗？白马被你打过之后，我心疼啊，它不明白你为啥突然揍它，它是畜生不假，但它也是有血有肉啊！"我嘴上不说话，心里却并不服气，它不是畜生还会是什么？父亲似乎看出了我的心思，开始耐心地继续告诉我说，"马是很忠实的动物，为咱家立了血汗的功劳，你上学的学费和咱家吃穿都是它们卖力赚来的。它不通人语，你一个劲地不明不白地打它，它只会惧怕你、恨你，今后不会再听你指挥。"父亲继续说道，"就像今天，我要是啥道理也不跟你讲，看你不顺眼就揍你，你是啥心情？孩子，将心比心啊！"我听了心底忽然一震，眼角竟流出泪水。父亲安慰我说，"孩子，别哭，你现在还小，将来慢慢懂事就好了，但是你要记住我的这句话，无论对牲畜还是对人，都要用感情和良心，千万别任意地不明不白地祸害谁，懂吗？"我深深地点点头。

父亲还告诉我，真正会赶马的，都是用心疼马，就像对待自己的儿女一样，时间长了它们肯定跟你一条心。鞭子只是吓唬马用的，就像老师手里的教鞭一样，不是用来打学生的。那天晚上，父亲还跟我讲了许许多多关于马的忠诚以及驯马的故事。

我上中学的时候，有一回突然下起了大雨，土路早已汪洋一片，我扛着自行车在黑暗中非常无助。可是在雨色的黑暗里，我看到父亲赶着那匹白马来接我的时候，我是那么想好好地抱住白马的脖子大哭一场。

对待马儿的心，也同样适用于对待每一个人。父亲教给我的赶马的道理，让我终生难忘。

# 学会尊重

尊重，是一缕春风，一泓清泉，一颗给人温暖
的舒心丸，一剂催人奋进的强心剂。

◎胡建新

曾经听说过这样一个故事：

一位商人看到一个衣衫褴褛的铅笔推销员，顿生一股怜悯之
情。他不假思索地将十元钱塞到推销员手中，然后头也不回地走开
了。走了没几步，他忽然觉得这样做不妥，于是连忙返回来，从卖
铅笔人手中取出几支铅笔，并抱歉地解释说自己忘了取笔，希望不
要介意。

最后，他郑重其事地说："您和我一样，都是商人。"

一年之后，在一个商贾云集、热烈隆重的社交场合，一位西装
革履、风度翩翩的推销商迎上这位商人，不无感激地自我介绍道：
"您可能早已忘记我了，而我也不知道您的名字，但我永远不会忘
记您。您就是那位重新给了我自尊和自信的人。我一直觉得自己是
个推销铅笔的乞丐，直到您亲口对我说，我和您一样，都是商人。"

没想到商人这么一句简简单单的话，竟使一个不无自卑的人顿
然树立起了自尊，使一个处境窘迫的人重新找回了自信。正是有了

这种自尊与自信，才使他看到了自己的价值和优势，终于通过努力获得了成功。

不难想象，倘若当初没有那么一句尊重鼓励的话，纵然给他几千元也无济于事，断不会出现从自认乞丐到自信自强的剧变。这就是尊重，这就是尊重的力量！

尊重，是一种修养，一种品格，一种对别人不卑不亢、不仰不俯的平等相待，一种对他人人格与价值的充分肯定。任何人都不可能尽善尽美、完美无缺，我们没有理由以高山仰止的目光去审视别人，也没有资格用不屑一顾的神情去嘲笑他人。假如别人在某些方面不如自己，我们不能用傲慢和不敬去伤害别人的自尊；假如自己在有些地方不如他人，我们也不必以自卑或嫉妒去代替理应的尊重。一个真正懂得尊重别人的人，必然会以平等的心态、平常的心情、平静的心境，去面对所有事业上的强者与弱者、所有生活中的幸运者与不幸者。

尊重，是一缕春风，一泓清泉，一颗给人温暖的舒心丸，一剂催人奋进的强心剂。它常常与真诚、谦逊、宽容、赞赏、善良、友爱相得益彰，与虚伪、狂妄、苛刻、嘲讽、凶恶、势利水火不容。给成功的人以尊重，表明了自己对别人成功的敬佩、赞美与追求；给失败的人以尊重，表明了自己对别人失败后的同情、安慰与鼓励。只要有尊重在，就有人间的真情在，就有未来的希望在，就有成功后的继续奋进，就有失败后的东山再起。

尊重不是盲目地崇拜，更不是肉麻地吹捧；不是没有原则地廉价奉迎，更不是没有自尊地低三下四。懂得了尊重别人的重要，并不等于学会了如何尊重别人。从这个意义上来说，尊重也是一门学问。

学会了尊重别人，就学会了尊重自己，也就学会和掌握了人生的一大要义。

让我们在人生的道路上慢慢地体味和摸索吧！

# 澄明之镜

澄明，不是消极面对生活，而是滤尽遮眼浮云，
追求更为充实更为亮彩的人生。

◎储劲松

一

澄明之境，心境澄澈明亮，乃人生之大境界。

蝇营狗苟者，整日追浮名、逐薄利，心如千棵菟丝缠绕，不可能澄明；攀权结贵者，一生点头哈腰唯富贵是瞻，见风使舵恐站错立场，心如墙头野草飘摇，不可能澄明；醉生梦死者，恋惯灯红酒绿花花世界，难离声色犬马温柔歌榭，心如一锅稀粥迷乱，不可能澄明；抑郁自弃者，看天天不蓝，看地地不绿，心如一片铅灰黯淡，不可能澄明。

必得有宽广之胸襟、磊落之行止，然后才可以澄明；必得有高远之志向、进取之心态，然后才可以澄明；必得以热切之心入世，以淡泊之心出世，然后才可以澄明；必得经江湖千般恩怨，而后风雨去彩虹现，才可以澄明。

## 二

登临送目，见远黛苍茫，天高地阔，听鸟鸣啁啾，松涛呼啸，兼有野花、泥土、树木、青草之香芬陶然熏面，胸怀于是豁然开朗，牵绊于是顿然卸载，只觉耳聪目明，神色俊逸，万股真力自丹田贯通经络。"一点浩然气，千里快哉风"，当此之时，一颗躁动的俗心静若幽谷。世间事还有什么不可以放下，又有什么不能包容的？

临溪照水，望波平如镜，水丰草茂，观鱼翔鹭飞，虾跃蟹行，两岸远芳古道，晴翠无涯，竹篱农舍，恬然自适。眼目于是清新透亮，身心于是表里澄澈，但悟静水流深，智者无言，天下玄机都只在那坦坦荡荡的一泓 。"三千弱水，吾取一瓢饮"，当此之时，思接千载，之后悠然心会。看透，则金银珠玉也不过尘土一堆；明理，则布服粗粮亦是锦衣玉食。

以山养心，以水涤心，可抵澄明之门楣。

## 三

市嚣渐息，夜浓如墨，泡香茗，伏案头，点孤灯，读黄卷，千古贤人皆吾师，百世名士为我友，叩之拜之，思之慕之，这是人间至乐。明理须经世事，会心却得读书。书中自有做人理，书中自有处世方，书中自有大智慧，那些经过时间淘洗留下姓名事迹的人，岂是偶然？古今人世，虽时空流转而其理相通，其实根本无须苦思冥想，前人早已参透一切。只用拿来，当镜，当鞭，当帚，当舟。

琐碎缠结，及时抽身，偷空闲，居斗室，匀呼吸，凝精神，四壁空空照我影，方寸之间是天堂，有清风自袖中来，有阳光自心中生，这是养身之佳法。生命当如弓，张久须稍弛。孤独里有大学问，孤独里有富矿藏，孤独里有真充盈，一个只顾急急忙忙赶路的人，一个不懂得偶尔寂寞的人，他的生命不过是一块貌似坚强实则易碎的铸铁。孤独是心灵之亭驿，是味道很淡的酒，是开在我们身体上的丁香花。

以书籍浇心，以孤独疗心，可入澄明之境界。


## 四

幽默大师林语堂说："热心人冷眼看人生。"

澄明，不是逃避现实，而是投身滚滚红尘，却能保持着内心可贵的清醒。

澄明，不是消极面对生活，而是滤尽遮眼浮云，追求更为充实更为亮彩的人生。

高僧云："出家，非遗世也，而是出小家，进大家。"

这是真出家。

泰戈尔说："使生如夏花之绚烂，死如秋叶之静美。"

是之谓澄明之真味。

# 说 逍 遥

人一旦淡化了名利之欲，即能从根本上获得精
神的自由与解放，轻松自在，逍遥无限。

◎汪焰祥

　　人生难得一逍遥。以城市化为文明标志的现代人，常常嚷着
要返璞归真。坐在摩天大厦、豪华轿车里常常羡慕起"日出而作，
日落而息；凿井而饮，耕田而食"的农夫生活来。物质富足了的现
代都市人，心中仍然抛不开"方宅十余亩，草屋八九间；榆柳荫后
檐，桃李罗堂前"的田园情结。大概是觉得快节奏的现代生活里缺
少"行到水穷处，坐看云起时"的那份悠然与逍遥吧！

　　于是，经常成群结队往荒僻的山沟里钻，挈妻将子不辞辛劳去
攀危峰、访林海、卧沙滩……或者去尽情地舞，拼命地唱，寻求刺
激，猎取新奇。可是，兴尽之后继之而来的仍旧是疲乏、紧张，甚
至平添新的烦忧，越发不逍遥了。于是乎便更加认真地羡慕起古人
来，觉得"种豆南山下""垂钓碧溪上"是那样逍遥自在，令人神往。

　　这令我想起了庄子的话："朝菌不知晦朔，蟪蛄不知春秋。"
现实中，人都有自身的局限性，而自己却浑然不觉。人应该了解自
身的这种局限性，唯有这样，才能拥有全面透辟的认知能力，思考

问题、处理事务才不至于以管窥豹，以孔观天。蜩与学鸠之所以要嘲笑鹏，是因为它们以己量人；斥所以要讥笑鲲，是因为它自以为是，以人为非，以己量人，必然会给自己带来许多困惑。心性惑乱，何来逍遥？

明乎人我之殊、物我之异，可免于惑乱，亦可免于物累。"役物而不役于物"，这是保持自身逍遥的关键。人生天地之间，固然不能像"藐姑射之山"神人那样"不食五谷，吸风饮露，乘云气，御飞龙，而游乎四海之外"，却完全可以做到不为物役，不为物累。物欲大盛，必为之所累。一落入此种境地，即如深陷泥淖，不可自拔。人生之至味，便可能与你擦肩而过。

其实，逍遥在于人自身，只可内求，不可外求。想到外部世界去寻求逍遥，简直就是缘木求鱼。

什么是内求？内求就是"无己""无名""无功"。也许人们会误解这句话，也许有人会嗤之以鼻。

实际上，"无功""无名"并不是要求人们不去成名成家、建功立业，而是要求一个人不要斤斤计较于个人名利荣辱，不以追名逐利为自己唯一的人生追求，而应淡泊名利。因为，人一旦淡化了名利之欲，即能从根本上获得精神的自由与解放，轻松自在，逍遥无限。

老子曰："宠辱若惊，贵大患若身。""吾所以有大患者，为吾有身；及吾无身，吾有何患？"这大致讲的就是"无己"。这种"无己"强调的是少私寡欲即能忘我。"忘我"是一种精神品格。能"忘我"者，为官必能"忧以天下，乐以天下"；为民必能"不以物喜，不以己悲"。人固然不可能完全"忘我""无己",却完全可以做到"己所不欲,勿施于人"。"己所不欲,勿施于人"就是"人"先"己"后。这意味着处事能以己度人,设身处地为他人着想;也意味着待人不偏狭,不自私,不以自我为中心。尚能如此,便能身正、心安、梦魂稳,想要不逍遥都办不到了。

一位长寿的老科学家曾说过这样的话:"一身正气,两袖清风,三餐都饱,四大皆空。"这话虽平常,却蕴含着深刻的人生哲理,很值得咀嚼。"鹪鹩巢于深林,不过一枝;偃鼠饮河,不过满腹。"庄子的这句话恰可以作为它的诠释和参证。

逍遥是一种美的境界,逍遥的人生是美的人生,人生不可不逍遥。愿天下众生皆逍遥!

# 达观乐天心自宽

上苍给了人享受快乐的平等权利，但真实的快
乐并不是每个人都能享受到的。

◎常恕田

　　孔子带领着他的弟子游泰山，遇见荣启期坐在树下，衣鹿皮
裘，鼓瑟而歌，怡然自得。孔子问他："先生为什么这样快乐呢？"
荣启期回答说："值得我快乐的事情太多了。天地生有万物，唯有
人最为高贵，而我得以为人，这是一乐也；人有男女之别，我得以
为男人，这是二乐也；人生有不得见日月、未离襁褓便夭折者，而
我年已九十，身体还很强健，这是三乐也。至于贫穷，乃是人生常
事；死亡，乃是人生终结。处常而待终，有何不乐呢？"孔子点头
称善，对他的学生们说："这是一位达观乐天心自宽的人哪！"

　　此掌故虽然年代久远，传承的却是生生不息的朴素人生理念。

　　荣启期的"达观乐天心自宽"的快乐观充满人生的深刻哲理。
他不为贫穷和死亡而忧，偏以为人、为男人和年高为乐，显示出豁
达的胸襟和乐观的天性，实在难能可贵。

　　荣启期的三乐，透视着他"不以物喜，不以己悲"的处世态度。
浩渺苍穹，芸芸众生，我们能作为人来到这个世界，有着远远高于

其他生物的智商和丰富多彩的生活，其本身就是一种值得庆贺的事情。作为一个男人，承担着社会和家庭的重要责任，有着施展志向和抱负的宽广空间，这实在是一件值得高兴和自豪的事情。年事已高身体却还强健，虽然离死神很近了，却并不恐惧，而为能正常地等待生命的终结感到欣慰。

上苍给了人享受快乐的平等权利，但真实的快乐并不是每个人都能享受到的。在社会生活的场景中，不乏这样的人，他们面对生活的现实整天期期艾艾，即使生活条件和工作环境已经很优越，可心里依然是空落落的，总是感到还有许多东西没有得到。不断改善的物质状况非但没有减轻他们的生活压力，相反却因欲望的膨胀而使他们的心灵长久地处于暗淡之中。乐观对于他们是件很奢侈的事情，是可望而不可即的天外星体。至于好多生活条件和工作环境差一些的人，反倒没有那么多的抱怨，"苦中作乐"抵消了物质匮乏给他们带来的烦恼。

达观乐天心自宽，是人生至高至纯的精神境界，是实现理想人生的大智慧。在达观乐天心自宽的状态中生活，摒弃的是烦恼，植入的是希望，收获的是快乐，生命会因此而散发永久的芳香。

# 若要好，须是了

欲望是一匹马，拉着人类之车前进。只是不能
让它成了脱缰的野马。

◎杨红霞

《红楼梦》中有一首《好了歌》："世人都晓神仙好，唯有功
名忘不了……"跛脚道人一边走来一边念叨，甄士隐听不明白，就
问他："你满口说些什么？只听见些'好''了''好''了'。"
跛脚道人说："世上万般，好便是了，了便是好。若不了，便不
好；若要好，须是了。"

跛脚道人的这一番话颇值得玩味。大家都想当神仙，却又对人
间的"功名""金银""娇妻""儿孙"等牵肠挂肚忘不了，这神
仙就没法当。

现在的人们没有想当神仙的了，只想在有生之年美美地过上一
段好光景。什么是好光景？袁枚诗云："胸中没有未了事，便是
人间好光景。"想要的东西都得到了，想办的事情都办好了，没有
什么放不下的了，多好。这话跟跛脚道人的"若要好，须是了"有
一点儿相似，说的也是"了"。

按照他们的说法，人生光景好不好，关键是能不能"了"。

怎么"了"？有一种办法是拼命去获得。想当官便削尖了脑袋去钻，去爬；想发财便用尽了力气去赚，去捞……如愿以偿得到了，便一切"了"了。

这种办法很难"了"。世事艰难，很多东西不是你想要就能有的，而且人的欲望无止境。"人心高过天，做了皇帝想登仙"，获得越多，欲望越大，照这么下去，何时是"了"？

我以为最好的办法是适可而止，随遇而安。对于权势、金钱、美女这类与生俱来的物欲，要完全忘掉是很难的，也没有必要。欲望是一匹马，拉着人类之车前进。只是不能让它成了脱缰的野马。比如想当官并不一定是坏事，有才干、有机会当官，"金榜题名"是人生一大乐事，勤勤恳恳、兢兢业业为人民谋利益，做个好公仆也很好，只是没有机会就不要强求，就快快乐乐做你的平头百姓；努力挣钱发财是对的，只是不要走歪门邪道；想娶个漂亮女人做太太也是人之常情，无可非议，问题是没缘分时不要神魂颠倒，走火入魔……能做到这样，一切该你有的都会有，而一切该"了"时也都能"了"。

# 禅意拾光

　　人生如梦，世事无常。人处滚滚红尘中，身有太多的障翳、名缰利锁的羁绊、小肚鸡肠的逼仄……如此，幸福从何而谈，快乐何处去寻？生命的禅悦，诗意地栖居，皆是众人所愿。而要真正使生命如行云流水般顺遂如意，就应悟得禅机，放空身心，放下便是拥有……

# 舍 弃

蝌蚪不收尾成不了青蛙，苗木不砍枝成不了大
树，人生不及时取舍和抉择就难以完成出类拔
萃的功业。

　　小和尚去河里挑水时，没注意，水里带来一只小蝌蚪。他正
准备把这只拖着长尾的小蝌蚪放回木桶里，捎到河水里去时，老方
丈看到了，就走过来说："放到玻璃瓶里养些天吧，看它有什么变
化，然后再放它到河里去不迟。"

　　小和尚就把小蝌蚪暂且养起来，有时还喂它些馍馍粒或者把玻
璃瓶从房间里捧到阳光下晒晒，对小蝌蚪非常怜爱。每隔三天五天
的，老方丈还过来看看小蝌蚪的生长情况。大概过了半个月，小蝌
蚪的长尾巴明显地短了许多，后腹部还长出了两条小腿儿；又过了
十多天，小蝌蚪的尾巴更短了，嘴巴下边也长出了两条小腿儿。老
方丈看看快长成青蛙的小蝌蚪，又看看勤勉饲养它的小和尚，默然
不语。

　　不知又过了几天，小蝌蚪的尾巴彻底不见了，终于变成了一
只绿色的小青蛙。老方丈棒着玻璃瓶看了又看，然后对小和尚说：
"你可以放它回归大自然了，它终于由原来的蝌蚪变成青蛙了，阿

弥陀佛。"

小和尚又去挑水时，就把小青蛙给放了。回来的路上，他遇到老方丈从山上下来，居然背着一捆树枝。他非常困惑地对方丈说："您这么大岁数了，为什么还要亲自上山砍柴呢？"

方丈笑笑说："我不是去砍柴，我是去为小树们超度。树木不如蝌蚪，它们的尾巴不会自行消失的，务必让人动手砍去才行。"

直到这时，小和尚才幡然醒悟，一下子抛去了许多烦恼和忧虑，道行猛然长进了许多。蝌蚪不收尾成不了青蛙，苗木不砍枝成不了大树，人生不及时取舍和抉择就难以完成出类拔萃的功业，这就是适当舍弃的旷世哲理。但是，现实生活中，又有几人真正懂得了适当舍弃的真谛呢？

# 生命的禅悦

"放下"是人生的一道禅，你放下多少负担，
就收获多少快乐。

◎韩　杰

## 心静自清凉

一位商人平常对钱看得很重，做买卖赔了一笔钱，伤心得如丧考妣，苦闷不堪，于是走进一处深山里去散心，化解悲苦。他走进林木葱郁、溪流潺潺的幽谷，并没有感到丝毫的清凉，而是倍感烦躁，愈加气恼郁闷。

无意中他走进幽谷中的一座寺院，见烈日下一老僧正在院中坐禅，便走上前去向老僧倾诉了苦衷。老僧听了沉思片刻道："心静自清凉。"遂又闭目进入禅境。

商人顿悟。

一个人若心情浮躁，杂乱纷纭，即使到了清凉之地也不见得能够得到解脱，仍可能会烦恼丛生；只要你能宁静淡泊，抛弃个人得失，放下一切，远离贪欲，抵制诱惑，自然会进入清凉的境界。即使烈日当头、酷暑盛夏，也会感到清风徐来，五内生凉，神清气爽。

## 一碗水

一个乞丐颠沛流离，长途跋涉，干渴难耐，踉跄蹒跚，几欲晕厥。路过一个小店，好心的店主见状端给他一碗水，乞丐感激万分，端起水一饮而尽。乞丐走过千山万水，喝过许许多多的水，但这普普通通的一碗水对他来说竟甘若蜜醴，给他留下终生难忘的印象，他感到从来没有喝过这么甜的水。

后来乞丐发迹了，经营着一家小饭店，当了店主。凡客人进屋，他也照例亲自端上一碗水。不管是风尘仆仆的路人，抑或村夫野老、樵夫货郎、杂耍艺人、乞丐屠户，一律笑脸相迎。

饭店没有什么佳肴美馔，只备些家常便饭，却能凭着一碗水的真情，温暖着风尘仆仆的旅者，熨帖着带皱的心灵，清凉着焦渴的喉咙。顾客进店就像进了家，感到融融的暖意，因此小店生意也甚火爆。

有人对饭店生意为何如此兴隆不解，特前去请教秘诀。店主沉思片刻曰："将心比心。"

对店主来说，经营饭店就是经营人生，挣钱已退到次要的位置。只剩下心净如水，尽力施善，古道热肠，殷殷情意。对顾客来说，有时一碗水就可以大快朵颐，甚至救他一条性命。

请别小瞧了那一碗水，那里面有至醇至圣的底蕴，那里面盛有香醇浓醇的慈善，那里面有店主金子般的爱心。故大善无痕，大音稀声，清水若金。

## 放下的智慧

从前，有一位老财主，家有万贯资财，仍吝啬到了极点，活得烦恼郁闷。于是，他便外出去寻找快乐。

路上，他见到一堆马粪，便如获至宝，想铲到路边的地里去。可是一看路边的地不是自己的田，便用衣裳下襟兜着马粪继续往前走。时值盛夏，老财主兜着沉重的马粪汗流浃背，再加上马粪散发出强烈的臭气，苍蝇乱飞，臭得几乎把他熏倒，但他仍然踉踉跄跄兜着马粪往前走。

这时对面有一个路人走了过来，老财主便让其停下，虔诚地向其讨教快乐的秘诀。那人被马粪熏得直想吐，一边捂着鼻子一边打着手势说："放下，放下！"然后匆匆地离开了。

放下，放下什么呢？老财主低头一看才知自己衣襟上还兜着马粪呢，这才感到实在坚持不下去了，便将马粪倒在路边的田里，顿时感到如释重负，轻松多了，心中涌出一股快意。

咦，这不就是快乐吗！还到哪里去找！老财主顿时醒悟，并回想自己大半生省吃俭用，积累财产，如牛负轭，罪没少受，还活得十分沉重，活得没有一点儿意思。由于对佃户特别苛刻，搞得怨声载道，这何苦？

从此，老财主开始仗义疏财，将田分给穷苦人家种，灾荒年月还开仓济贫。由于广结善缘，做善事滋润了他的心灵，他也变得快乐起来。

人处滚滚红尘中，身有太多的障翳、名缰利锁的羁绊、小肚鸡肠的逼仄……由于把物质利益、名誉地位看得太重，心怀不开，故常被这些自寻的烦恼压得喘不过气来。幸福从何而谈，快乐何处去找？

　　当你能把恼人的名利放下，就如同守财奴搁下熏人的马粪，就如同挑水者放下沉重的担子，就如同攀山丢掉累赘的行装，怎不敞心，怎不惬意，怎不轻松，怎不潇洒！

　　"放下"是人生的一道禅，你放下多少负担，就收获多少快乐。

# 何处觅桃源

心中的风景超凡脱俗，一派清风明月，自然对
尘世的喧嚣视而不见，听而不闻，难乱其心了。

◎周梦鹿

在喧嚣都市过得久了，且从哲学的角度看待人生，都会认为人生是一场苦役。

滚滚红尘中，芸芸众生为名来、为利往，相同的欲望又使人们相互践踏。不论是落魄的失败者还是骄矜的成功者，都可以说是饱经风霜，遍体鳞伤。因此，对生活有反省能力的人，常常会自觉或不自觉地生出一种归居田园、退隐江湖的念头，想给自己寻觅个世外桃源作终老之地——当然了，仅仅是想一想，聊作望梅。

谁都知道，不论是大隐隐于市，还是小隐隐于野，"现实"是无孔不入的，无须趋名逐利、耕田而食、凿井而饮的世外桃源是不存在的。"桃源"梦只是人们对净土的一种向往罢了。

既然明白世上无桃源，不免令人意兴索然。

前几日偶然读到一则有关禅宗的小故事，颇耐人寻味：

法师为考验门下众弟子的悟性，问弟子寺外旗杆上的旗随风摆动，到底是风动，还是旗动？众弟子或答风动或答旗动，只有慧能

（就是后来的禅宗六祖）仔细观察思索后，一语道破真谛：不是风动，亦不是旗动，是心在动。人的心不动，能制万动。

掩卷沉思，令人深省：所谓境由心生，境由心造，有心就有境，大抵如此。

有好的心境，人生就有好的风景。田园诗人陶渊明曾结庐人境，却对熙来攘往的车马喧哗置若罔闻。

问君何能尔？心远地自偏。

心中的风景超凡脱俗，一派清风明月，自然对尘世的喧嚣视而不见，听而不闻，难乱其心了。

《论语·子罕》也记载了这样一个故事：孔子要搬到九夷这个地方去住，有人说那个地方非常简陋，怎么能住呢？孔子道："君子居之，何陋之有？"这便真是境由心生、境由心造最典型地诠释了。

看来，人的"心境"状况如何，更多地决定了人的生存质量。那么我们就不要向外求，向自己的心灵深处去寻觅、去开辟一方桃源净土吧。

心有桃源，首先要洁"心"自好，让自己的心灵少一点儿浮躁，多一点儿平和；少一点儿名利，多一点儿淡泊；少一点儿狭隘，多一点儿坦荡；少一点儿庸俗，多一点儿高雅；少一点儿丑恶，多点儿真善；少一点儿执着，多一点儿超脱。这样，才能发现生活的美好。生活中的一切琐碎平庸的愁苦，都会在博大的胸怀里显得微不足道，如果心境是灰色的，那么眼中捕捉到的自然也是冰冷的人生图像，这样生活也枯燥乏味。心有桃源，才能以自己内心的清纯抵御世俗的污染，才不会被外界事物所惑、所诱、所迷、所妒、所役、所累，才能甘天下之淡味，安天下之卑位，不戚戚于贫贱，不忻忻于富贵。心有桃源，才能看淡人生的荣辱得失，无论"居庙堂之高"，还是"处江湖之远"，都"不以物喜，不以己悲"，永葆一腔浩然正气。

在物质主义高涨的时代，如果人人都能在内心深处开辟一方桃源净土，提升自己的道德底线，不断充实自己内在精神的富有，实在是一种智慧，一种福气。

# 诗意地栖居

我们都无意于成为天使或魔鬼，而只是平凡一
生，但只要我们奔波的脚步不为功利浮名所羁
绊，居俗世陋室又如何？

◎冯志伟

"人类诗意地栖居在这个星球上。"德国诗人荷尔德林曾这样
格调高雅地描述我们的生活。

然而，生活在这座喧嚣而慵倦的小城里，时代的步伐和城市的
节奏让我们越来越感觉到呼吸异常浑浊，脚步格外疲惫，心情莫名
浮躁，生活中那种朝气蓬勃、生机盎然的绿意渐行渐远。我们不禁
时常感叹：我们的家园还有诗意吗？于是那记忆里一泓叮咚的甘泉
流水、一缕袅绕的炊烟清风、一声婉转的鸟啼蝉鸣、一个温馨的绿
色家园，便成了我们内心深处最奢侈的呼唤和最深情的期待。

昔日，品读宋朝诗人林逋，又称和靖先生的《山园小梅》，很
是为其中"疏影横斜水清浅，暗香浮动月黄昏"两句所蕴含的意境
折服。和靖先生隐居西湖，结庐孤山二十余年，恬淡寡欲，淡泊名
利，不仕不娶，品行高洁，尤酷爱植梅养鹤，人称"梅妻鹤子"，
过着一种孤寂飘逸的隐居生活。每次品味他如梦如幻的精妙诗句，

都令我思绪翻飞，浮想联翩——在一片古朴清幽的深山梅林里，夕阳残照，落英缤纷，石砌的小道蜿蜒逶迤，曲径通幽。一位鹤发童颜、仙风道骨的老人，姗姗漫步在微风与余晖里，捋须弄句，吟哦云卷云舒，花绽花凋。一只只矫健的黄鹤在他的头顶盘旋低飞，鹤唳袅袅，周围弥漫着梅花浓郁且沁人心脾的清香……这是多么富有诗情画意令人神往的人间仙境啊！

泰戈尔在《飞鸟集》里热情奔放地歌唱："太阳穿一件朴素的光衣。白云却披了灿烂的裙裾。"多么辽远而干净的天空啊！天高气爽，彩云追月。生活在这样的湛湛蓝天下，呼吸着新鲜的空气，聆听着万籁之音，欣赏着自然美景，其乐融融！难怪诗人还洋溢地歌唱："山峰如群儿之喧嚷，举起他们的双臂，想去捉天上的星星。"多么瑰奇的想象！敢于大胆想象的人，他的生活才会充满诗意！

"从明天起，做一个幸福的人／喂马，劈柴，周游世界／从明天起，关心粮食和蔬菜／我有一所房子，面朝大海，春暖花开／"孤独的海子执着而狂热地呼唤着，极其浪漫地虚构着"桃花源"般的生活，追求着一种纯粹诗意而幸福的精神领地。然而，海子超然的秉性与丑陋的世俗格格不入，他选择了退避。

曾几何时，我也幻想自己能有一所房子，居山面水，山环水绕。房周围植以梅兰竹菊，清风徐来，婀娜娉婷，摇曳生姿；房里陈以翰墨书香，品室佐以清茶香茗。漫步庭院，举目千里，俯仰天地，远眺山外青山，碧湖秀水，绿野阡陌，也足以领悟"落霞与孤鹜齐飞，秋水共长天　色"的美妙景致。和心爱的妻子居此生活，晴耕雨读，朝樵夕渔，相濡以沫，白头偕老……那该是多么幸福，多么诗意啊！

然而，我们毕竟不是超凡脱俗之辈，置身万丈红尘想寻找一方圣洁的灵魂憩栖地着实不易。人大抵有三种欲望：上升为天使、堕落为魔鬼、在平凡中建立并巩固其世俗性。我想我们都无意于成为天使或魔鬼，而只是平凡一生，但只要我们奔波的脚步不为功利浮名所羁绊，居俗世陋室又如何？"人生本无乡，心安是归处。"在如今，能摈弃欺诈与浮躁，静心地居于自然之地，每天推开窗子，鸟语花香和阳光雨露都能如潮水般涌进来，这又何尝不是诗意地栖居呢？

# 淡中趣味长

淡泊，是谢绝繁华、回归简朴的生活情趣，是
摆脱束缚、逍遥舒展的美好境界。

◎姜仲长

淡，是一种独特的美。它不繁华、不热烈，甚至不漂亮，却朴素、真实、长久。像水，世界上名牌饮料有很多种，而营养学家说，最好的饮料是白开水。像艺术，"心淡方人妙，意到不求工"，要领略艺术的妙境，首先要达到自心的无求。像天气，"飘风不终朝，暴雨不终夕"，风轻云淡的天气，最是宜人。像花，一位老花匠说："几乎所有浅颜色的花都很香，越是颜色艳丽的花，越缺乏芬芳。"像友谊，君子之交，其淡如水。像爱情，"情到浓时情转薄"，情浓似火的同时，往往产生厌倦；平淡如水的夫妻，却能白头偕老，年轻人轰轰烈烈的恋爱固然动人，而最感人的，是白发苍苍的老夫妻相互搀扶着走在夕阳中。像人，越是质朴、淡泊的人，越有内在的、悠久的芳香。

淡，也是人生的一道独特而美丽的景观。它或许不能给人以外在的辉煌，却能使人有内在的超越——它教给我们平淡对得失，冷眼看繁华，畅达时不张狂，挫折时不失落，不献媚于权势，不屈从

于金钱，坦坦荡荡、从从容容地活着。

与淡泊相对的，是狂热地追逐欲望。其实，这只是变相地加重生命的负荷，让人越活越累。可以想象，灯红酒绿的下面或许是心灵的苍白，欢歌笑语的背后或许是难言的孤独，豪华奢侈的下面往往是精神的贫穷，辉煌灿烂的背面可能是深深的空虚。其实，真正属于我们的，说到底，只是一颗平静的心。

在车站，我们看到，走得最累的人，是那些背着大包小包的人。这就告诉我们：携带得越少，便越超脱；人越是淡泊，精神越是自由。淡泊，使人轻松，使人常感受到从内心生出的快乐；淡泊，使人对世事有一种旁观的心态，静观变化，不变最初的信念；淡泊，使人保持了赤子之心，感情纯正，该爱时敢爱，该恨时敢恨，不会把真性情顺从于他人的眼色。

落花无言，人淡如菊。淡泊，是谢绝繁华、回归简朴的生活情趣，是摆脱束缚、逍遥舒展的美好境界，是在纷纭世事中对自我品位的坚守，是淡化了物欲后对人生更加热爱的情感。

# 人生字典

当生命进入了"水"一般的境界，便是至真、
至善、至美了。

◎乐晓秋

## 大道归"一"

"一"字的境界，简易之至，朴素之极。然老子说："道生一，
一生二，二生三，三生万物。"孔子言："一以贯三（指天时、地利、
人和）者为王也。"故为人之道，贵在如"一"：心一则明，性一
则清，神一则灵，情一则真，言一则诚，行一则贞，德一则正，气
一则雄……大道归一，这就是"守一所以用万"。

## "水"之境界

"水"是生命之源，亦是为人之鉴。诚如老子所言，处世若水
之谦卑，存心若水之亲善，言谈若水之真诚，为政若水之条理，办
事若水之圆通，行动若水之自然，人品若水之纯洁。所以，当生命
进入了"水"一般的境界，便是至真、至善、至美了。

## 仁者乐"山"

"高山仰止，景行行止。"乐山者向往着崇高的品德。"高山流水，伯牙子期。"乐山者期待着真挚的友谊。"会当凌绝顶，一览众山小。"乐山者追求着超越的精神。"相看两不厌，只有敬亭山。"乐山者享受着闲适的情怀。人需要"水"的滋养，亦需要"山"的陶冶。你看，象形的"人"字，不就是一座山吗？

## 与"花"为友

"花"是美的象征，爱美者自然爱花。古人以花为友，曰："兰为芳友，梅为清友，菊为佳友，莲为净友，桂为仙友……"故人之爱花，各得其趣。冰心老人曾说："一个人应当像一朵花，不论男人或女人。花有色、香、味，人有才、情、趣，三者缺一，便不能做人家的好朋友。"与花为友，生活自然充满诗意。

## "爱"在人间

"爱"是一部历史。从孔孟的"仁爱"及墨家的"兼爱"，到孙中山的"博爱"，以至今天我们提倡"爱的奉献"，"爱"已经成为时代的潮流。"爱自己的孩子是人，爱别人的孩子是神"，这是宗教的箴言。更有诗人白朗宁的警语："把爱拿走，我们的地球就变成一座坟墓。"

## "魂"系生命

"中华之魂"以自然为象征："日魂"是生机活力，"月魂"是和谐团结，"山魂"是独立完整，"河魂"是艰苦奋斗，"地魂"是无私奉献。不朽的人物，如"国魂"孙中山，"民族魂"鲁迅，"兵魂"雷锋，"高原魂"孔繁森，"蓝天魂"王伟……魂系生命，他们正是"留取丹心照汗青"。

## "念"中有别

"留念"只写在纸上，而"思念"是刻在心上的；"欲念"产生在瞬间，而"理念"是永恒不移的；名利"杂念"会把灵魂缠乱，而灵感"闪念"却让思绪飘扬。人只要活着，就会有"念"。然而一"念"之差，随之而来的便有天壤之别。

## 切身之"学"

世事洞明皆学问。空间是一门几何学，它涉及距离之远近，角度之大小，面体之宽窄。时间是一门心理学，它关注着昨天的怀恋，今天的执着，明天的向往。自然是一部美学，山有其规则与庄重，水有其自由与灵活。社会是一部人学，有一撇的真、善、美，亦有一捺的假、恶、丑。此外，工作是创造学，生活是健康学，命运是未来学，生死是哲学……

## 人品亦"香"

有"东方莎士比亚"之誉的戏剧家汤显祖，同时为明代的一位著名廉吏。他的座右铭是："不乱财，手香；不淫色，体香；不诳讼，口香；不嫉害，心香。"此之谓"人品四香"，可见其洁身自好。人生在世，坦荡为怀，所谓：干活尽心尽职，乃"干得香"；吃饭胃口常开，乃"吃得香"；睡觉心安无事，乃"睡得香"。此不亦乐乎？

## 养"心"居要

养生之道，要在养"心"。古人深得其旨，且吟诗为证："心病最难医"（陆九渊），"心安病自除"（陆游），"心是自医王"（白居易），"心宽出少年"（王静庄），"心平气自和"（朱熹），"一生长保寸心春"（薛暄）……只要心不老，就会永远年轻。

# 三千年的选择

人的一生是有限的，不应当太注重那得不到或已失去的东西，而应该把握住现有的幸福，这样才会使你的人生变得更加丰富多彩。

◎董晓晨

在佛祖的雷音寺下，一只蜘蛛在那里默默地织网，网破了再织，就这样过了三千年。

突然一阵风吹过，蜘蛛的网又破了。但在剩下的网中却留下了一滴甘露。蜘蛛因这甘露的到来而变得快乐起来。可是好景不长，不一会儿甘露便消失了。蜘蛛每天都无精打采地混日子，佛祖见后，便问："蜘蛛，你知道世间最珍贵的是什么？"蜘蛛便说："是那得不到或已失去的东西。"佛祖笑了笑说："那你去人间走一趟吧！"这样，蜘蛛便投胎到了人间。

蜘蛛投胎到一个官宦之家，父母给她取了个名字，叫珠儿。一转眼十六年过去了，珠儿长成一位美丽动人的少女。也正是在这一年，进士甘露高中状元，被皇上招入皇宫。当时珠儿和别的一些官宦家的子女，还有皇上的掌上明珠——长风公主也到场助兴。甘露在宴会上赋诗、作画，谈古论今无不精通。许多女子为甘露的文才

倾倒，但珠儿并没有因此而吃醋。她知道，甘露心中只有她，那是佛祖的安排。

又过了几天，珠儿陪母亲去上香，看见甘露也在陪母亲上香，两位老人聊了起来。这时珠儿走到甘露身边对他说："你还记得三千年前雷音寺下的蜘蛛吗？"甘露笑了笑对珠儿说："姑娘，你长得很美丽，但你的联想也太丰富了。"说完便和母亲离开了。

珠儿回到家中百思不得其解：佛祖安排我下界，为什么不让甘露知道以前的事呢？正在这时，屋外传来了响亮的鞭炮声，一位公公宣读圣旨。原来皇上让自己的长风公主与状元郎甘露完婚，珠儿与太子完婚。这突如其来的打击使珠儿天天茶饭不思，身体也一天天地消瘦。太子得知此事后，忙出宫赶往珠儿的家。看到珠儿躺在床上奄奄一息的样子，太子心里说不出的难受，他对昏睡的珠儿说："在那次宴会上，我被你的美丽和智慧所吸引，是我要求父皇让我俩完婚的。如果你死了，那我也不想活下去了。"说完欲拔剑自刎。

这时珠儿的灵魂也已出壳，在空中与佛祖相遇。佛祖看到憔悴的蛛儿，走上去，笑了笑说："怎么，还是想不通吗？你原来是一只蜘蛛生活在雷音寺，因为一滴甘露，让你喜忧不定。但甘露是谁带给你的呢，你知道吗？那是风，那便是长风公主，所以甘露是属于风的。而太子便是那株草，他默默地在你的下方生活了三千年，看护了你三千年，风雨无阻，而你却从来不知。"听到这儿，珠儿恍然大悟。佛祖再问："那世间最珍贵的是什么呢？"珠儿忙说："不是那看不到或已失去的东西，而是把握住现在的幸福。"

突然间，佛祖消失了，珠儿的灵魂也回来了，当看到欲拔剑自刎的太子，她一掌打掉他手中的剑，同太子拥抱在一起。

人的一生是有限的，不应当太注重那得不到或已失去的东西，而应该把握住现有的幸福，这样才会使你的人生变得更加丰富多彩。

# 与天真签约

与天真签约，俯仰无愧天地，褒贬自有春秋。
与天真签约，才能拥有幸福、美满、潇洒、亮
丽的人生。

◎王跃农

天真，本来是指心地单纯，性情直率，不做作，不虚饰。但曾几何时，它却成为幼稚、无知的代名词，为聪明人所不齿。天真的人常常会遭遇世俗的白眼和冷语，常常会吃这样那样多多少少、大大小小的亏。天真的人可能活得平平淡淡、平平凡凡、默默无闻，但他们能够踏踏实实做事、堂堂正正做人，不为名所困，不为利所诱。天真的人，无谎言被揭穿后的尴尬，无面具被摘除后的丑态，无东窗事发后的愧悔，无穷得只剩下金钱的孤独；天真的人，无道貌岸然的可鄙，无城府在胸的可怕，无口是心非的可憎。天真的人，有的只是闲看云卷云舒、静观花开花落的从容、自在、闲适、恬淡、充实和愉快。天真的人，虽平凡，却真实；虽忙碌，却充实；虽清贫，却朴实。

"人之初，性本善。"天真，本是上帝赋予人的最美好的品格，但是人们却随着年龄的不断增长，生活阅历的日渐丰富，对人、

229

事、物、景产生了许许多多新的认识、新的想法、新的理解、新的心计、新的谋略，于是，渐渐遗弃了天真，越来越圆滑世故，工于心计。于是，鸿沟产生了，隔阂出现了，矛盾加剧了，争斗开始了，甚至为了一点儿蝇头小利、蜗角虚名而巧设机关，暗布陷阱，钩心斗角，借此欺世盗名，谋取私利。人们不得不时时处处事事都为自己的心灵设防，"逢人只说三分话"，常有言不由衷之举、身不由己之感，不得不戴着面具做人、昧着良心做事。

其实，大可不必如此，我们应该保留一份天真、童真、率真、纯真、本真和认真，埋头做事，抬头做人，敞开心窗，畅饮亲情的雨露，沐浴友情的阳光，喜迎爱情的和风，以一颗博大包容的心来容纳一切，使天真的花期延伸到人生的每一个春夏秋冬。

每个人都应心存善念，胸怀良知，捧出爱心，倾注爱意，与天真签约，给天真烂漫保鲜，为自然率真加蜜，替纯洁友爱补钙。

与天真签约，俯仰无愧天地，褒贬自有春秋。

与天真签约，才能拥有幸福、美满、潇洒、亮丽的人生。

朋友，请你抖落满身的疲惫和困乏，走出世俗的阴影和藩篱，果断地与天真签个约吧！

# 痴人顿悟

于喧嚣中保持一份心灵的宁静，是一种真实，
一种厚度，一种修养，一种境界，一种大智大悟，
是真正找到了生活的真谛。

◎阳志乔

花因为吸收了垃圾的营养而变得艳丽灿烂，腐朽可化为神奇；
一夜疾风落花终成泥，神奇也可化为腐朽。

一粒小小的子弹被赋予了内在的能量，因而迸发出致命的穿透
力。人们有时往往过于注重事物的外壳，而忽略了其内涵，这大概
是自卑、浅薄、碌碌无为之类产生的根源吧。

快乐是对拥有的珍惜与感激，太多的人往往忘记了自己已经拥
有的东西，而去奢望永远也无法满足的贪欲，这便是痛苦的根源，
或是造成别人痛苦的根源。

我们现在的生活往往为"情"所累，亲情、友情、爱情、盛情、
虚情、忘情、无情、痴情，等等，而在这些横七竖八的七情六欲中
又加上了许多数不清的网，使我们精疲力竭、痛苦哀号，"欲辩已
无声"，若不斩断情孽之根，则永无超生之可能。

灵气来自留心、观察与思考，它不一定要表现在杰出的事情
上，它有时就表现在毫不起眼的一举一动中，正所谓"处处留心皆

学问"。如果人人都以"没有最好，只有更好"的人生态度来做好每件事，则我们都会有灵气，生活就会越来越美好。

有人爱花，把花采撷在怀里；有人爱花，把花掐断插在自己的花瓶里；还有人爱花，悄悄地在花的根部培一把土。从中我们看到了什么是真爱。

从高空鸟瞰原野，阡陌纵横，好一派田园风光，而一旦我们扒开茂密的稻禾和青青的芳草，却见一堆腐质物，龉龊不堪——这时从大处着眼是理智的；当我们在做精细之事时，差之毫厘就会谬以千里——这时从小处甚至细微处着眼是理智的。这就是看问题"大与小"的辩证法。

一个美人只看其局部可能是不美的，一首美妙的乐曲若只听其中的单个音符也是不美的——我们看问题不要过分地注重某一局部的优劣，而应注重其整体的组合与和谐的变化。

于喧嚣中保持一份心灵的宁静，是一种真实，一种厚度，一种修养，一种境界，一种大智大悟，是真正找到了生活的真谛。拥有这样心境的人，便拥有了整个世界，是真正幸福的人。

有些人想尽办法聚敛了很多钱财，但他们既不懂通过消费去发展自己，又不用他的钱财去做点儿善事，这样的人除了一大堆用处不大的钱财外，实际上一无所有，是真正的穷人，我觉得他们很可怜。

有人总结愚人与智人的区别：愚人——遇事视而不见，熟视无睹，司空见惯，见怪不怪，固守经验，喋喋不休，懒于思索，终成愚人；智人——遇事心存疑念，痴心琢磨，善于倾听，大胆质疑，多想一步，终成智人。简言之，二者的区别就是"思"与"不思"的区别。

# 水的智慧

水自有水流之道，只要顺此道而游，并不需要
自己的意志——顺其自然。

◎严桂根

## 一

孔子曰："智者乐水。"

"智者"的智慧当如水之灵活。若藏于地下则含而不露，若
喷涌而上则清而为泉；少则叮咚作乐，多则奔腾豪壮。水处天地之
间，或动或静；动则为涧、为溪、为江河；静则为池、为潭、为湖
海。水遇不同境地，显各异风采；经沙土则渗流，碰岩石则溅花；
遭断崖则下垂为瀑，遇高山则绕道而行。水，可由滴滴雨水、雪水
而成涓涓细流，而成滔滔江河，而成茫茫海洋。

"智者"的智慧当"乐水"之灵感。时间如流水，我们要珍惜，
"子在川上曰，逝者如斯夫"。百姓如江水，为官要慎笃。《孔子
家语》云："夫君者舟也，庶人者水也。水所以载舟，亦所以覆舟。"
水是美丽动人的，《红楼梦》中言，"女人是水做的骨肉"；台湾
民歌唱，"阿里山的姑娘美如水"；《荷塘月色》写道："月光如
流水一般静静地泻在这一片叶子和花上……"水也是多愁善感的，

清新飘逸的仙湖也有"抽刀断水水更流，举杯消愁愁更愁"之时，词中高手李煜更有"问君能有几多愁，恰似一江春水向东流"之叹。水是交友的榜样，"君子之交淡如水"；水也是处世的辩证，"水至清则无鱼"……

水中有哲理。

<h1 style="text-align:center">二</h1>

老子曰："上善若水。"

"水善利万物而不争，处众人之所恶，故几于道。"江海之所以能为五谷王者，以其善下之，故能为五谷王。"天下莫柔弱于水，而攻坚强者莫之能胜。以其无以易之。"水，是位辩证哲人。

"上善"的智慧当"若水"之柔中有刚，刚柔一体。水，貌似柔，实则强；水虽柔，但可克刚。滴水久之可穿石，流水载歌载舞可使角角棱棱的石头日臻完美成鹅卵石。柔软的水，加压能把巨岩击碎，能把成吨的钢材像揉面团般锻压。

"上善"的智慧当"若水"之随机应变。水，常态为液体；降温至零度，就凝为固体；升温至百度则化为气体——聚于低空则为雾，升到高空则成云，凝结下落则或为雨，或为雪，或为雹，或为霰……借助日光月光，还呈现为霓虹华晕。水以不变呈万态，"大道似水"。

《庄子》云："水之积也不厚，则负大舟也无力。"是啊，水积不厚深就无力行大船，人若学问修养不高深又怎么能担当重任？

"从水之道，而不为私焉。"水自有水流之道，只要顺此道而游，并不需要自己的意志——顺其自然。

水中有道意。

# 三

禅语曰："善心如水。"

水利万象万物，"善心"备焉。水凭渗透性强而滋润生物；水靠浮力大而可行舟船；水凭流动不息而改善环境，让地球充满生机；水可降温，水可去污；水可驱动机器，水可发电生能……水的作用无数，水之善心无边。

"善心"的智慧当"如水"之文化。"流水不腐"莫不是暗示人要想身心健康就得常运动？"饮水思源"岂不是暗示人们不要忘本？"顺水推舟"是昭示人们要善于顺情吧？"细水长流"是昭示我们做什么都要持之以恒吧？"高山流水"是知音，"行云流水"为妙境。让我们"如鱼得水"，领略人生的"山清水秀"。"行到水穷处，坐看云起时。"

"善心"的智慧当"如水"之充满善意。"水止则能照"蓝天、草木、万物；"水静柔而动刚"，水绝不怨天尤人，只怀一颗善心平常心。人生处世当如水，善待一切，灵活，善变，不妄求坏境适应自己，而善使自己适应环境。人在世上不顾多，当学水之能潜、能涌、能流、能奔、能升能降，适境而生，适境而居。让心永远呈现如"宁静的森林池水"……

水中有禅味。

# 谁来帮助爱

*只有时间，才能理解爱有多么伟大。*

◎李智红

　　从前，有一个孤僻的小岛，上面住着快乐、悲哀、知识和爱，还有其他各种情感。

　　一天，情感们得知小岛快要下沉了。于是大家便纷纷准备船只，想尽快离开小岛。只有爱决定留下来，她想坚持到最后一刻。

　　过了几天，小岛真的开始慢慢地下沉。爱想请人帮忙离开，于是她来到海边守望。富裕这时刚好乘着一艘大船从海边经过。爱便请求说："富裕，你能带我走吗？"富裕答道："不，我的船上有许多金银财宝，没有你的位置。"富裕说完，扬帆而去。

　　不久，爱又看见虚荣驾驶着一艘华丽的小船来到海边，爱又请求道："虚荣，帮帮我吧！"虚荣不假思索地拒绝道："爱，我帮不了你。看你全身透湿，会弄坏我这艘漂亮的小船的。"说完，也顺风而去。

　　又过了一些时候，悲哀和快乐也一前一后地向海边驶过来了。爱首先向悲哀求助："悲哀呀，让我跟你一块离开吧！"悲哀幽咽地答道："哦……爱，我实在是太悲哀了，想一个人待一会儿！你还是去求别的人吧！"

快乐紧接着驶了过来。但她太快乐了，竟然没有听见爱的呼唤和请求！

正当爱因为得不到帮助而感到万分绝望的时候，突然听到一声亲切的呼唤："过来吧，爱，让我们来帮助你离开这座快要沉没的小岛。"说话的是一位长者。爱大喜过望，竟然未来得及询问他的名字，便匆匆坐进了长者驾驶的那艘朴素的木船。当木船靠岸登陆以后，长者便向着远处悄悄走了。

爱对长者感恩不尽，便向正在不远处静静地读书的另一位长者询问："请问老先生，您是谁呀？"读书的老者缓缓地抬起头来，将爱上下打量了一番，然后亲切地答道："我是知识老人！""那帮我的那个老人又是谁呢？"知识老人答道："他是时间呀！""时间？"爱问道，"那他为什么要帮我呢？"

知识老人笑着答道："那是因为只有时间，才能理解爱有多么伟大。"

# 无财七施

对任何人任何事都报以亲切、慈祥的微笑，他
人将因你的和颜悦色而心情舒畅。

◎姚友良

　　教语文的自己，除了爱读文学作品，还非常喜欢浏览各种杂
书。自己总觉得，看杂书的收获不单单就是一个拓宽视野所能概括
详尽的。

　　虽没什么钱，可生性好施。自己过去一直以为没有金钱的"布
施"没有什么价值，可是自从那次在一位友人家随手翻看一本名为
《自我开发100则》的小册子后，具体讲，是读了一篇有关佛教"无
财七施"的短文后，自己对"布施"的看法变了，行为也变了。现
在心灵更加充实了，自己也感到更加幸福了。

　　"无财七施"是这样说的。

　　房舍施。比如，下雨时把行路人请到家中，这是把温暖、舒适
带给他人。

　　座席施。乘坐公共汽车、火车，给老者、幼儿、孕妇让座，这
是把便利让给他人。

　　爱语施。对人讲话用亲和的充满同情的话语，他人会因你真诚

的情义而感动。

和颜施。对任何人任何事都报以亲切、慈祥的微笑，他人将因你的和颜悦色而心情舒畅。

慈眼施。总是用热情而亲切的眼神来注视别人，他人会因你发自内心的真诚而感到温暖、舒畅。

心虑施。事事想他人之所想，急他人之所急，换位思考，他人定会因你的同情、关心而心生感激。

舍身施。必要时，我们可以牺牲我们宝贵的时间甚至生命去成全他人的生命、成就他人的事业。

看杂书，可以智慧人生。

对他人应有易地以居，为他人设身处地的能力；应有抑止足以伤人感情的思想之发表的涵养；应有敏捷地觉察出事情利害之所在的能力，并有肯做必要之让步的涵养；应明白世人千万，主张千万，而自己的主张只不过是其中渺小之一；应有真正无私的爱人精神，可以化仇敌为朋友的爱人精神；应明白在各种不同的环境中有各种不同的情形，所以应要求自己适应环境，礼貌、精神愉快、态度诚恳。

这只是一本讲成功法则的书上所谈的几条人生机智，自己"认真实践"，受益颇多。

# 他不是我

他人的修业并不能代替自己的修业，他人的体
验代替不了自己的体验。

◎曹进东

宋朝时，两位日本僧人道元与明全结伴，渡海来中国留学。他
们落脚在天童山景德寺参禅修行，孜孜不倦地求悟禅法。

一个大热天，午饭后，道元前往延寿堂探望因病静养的明全。
当他经过东廊来到佛殿之前时，看见一位老和尚，背驼如弓，眉白
如雪，一手撑着拐杖，一手将香菇一颗颗地排在地砖上。僧人们都
知道，寺院里需要食用大量香菇，必须趁着暑天烈日晒干，以便储
存备用。

道元认识这位老和尚，他是寺院里负责膳食炊事的典座。道
元看到，老和尚汗水淋淋，正在专心工作着，不由得停住了脚步。
赤日炎炎，热浪逼人，连廊荫下的道元都受不了，何况酷日下未戴
斗笠的古稀老人呢？年轻的留学僧顿生怜悯之心，于是趋前探问：
"请问老师父今年高寿？"

老和尚稍微直直腰，答道："老衲今年六十八岁。"

道元关切地说："老师父年岁已高，这种琐事就让院里其他僧

人来做吧。”

哪知典座头也不抬，严肃地回答："他不是我。"

"他"当然是"他人"，而不是我，此话的意思显然是指他人的修业并不能代替自己的修业，他人的体验代替不了自己的体验。原来，老和尚把"晒香菇"也看作是参禅的功课呢。道元听了老者的回答，如醍醐灌顶，豁然开朗，苦苦思索多年的禅法一下子明了了。

他不是我，绝妙的禅机。

# 八风吹不动

一个人不必深陷于当下的苦痛而不能自拔，而
应该放眼未来。

◎孙君飞

　　我曾经认为金庸大侠是命运的宠儿，备受胜利女神的青睐。有
人说，有华人的地方，就有金庸作品的影响力，这一点堪称奇迹，
让人仰之弥高。读了《金庸传》，方知金庸也曾历经情场失意、中
年丧子、事业磨难等人生苦痛，或者说是灾难，但他勇敢地活了下
来，积极地面对生活，最终成为杰出的成功者。

　　金庸的大儿子自杀时年仅十九岁，当时其在美国哥伦比亚大学
读书，前程似锦，但他却认为人生很苦，没有意思。金庸说："我
伤心得几乎自己也想跟着自杀。当时有一个强烈的疑问，'为什么
要自杀？为什么忽然厌弃了生命？'我想到阴世去和传侠（金庸大
儿子名字）会面，要他向我解释这个疑问。"在极度痛苦中，他开
始在佛教书籍中寻求人生的答案。

　　金庸称，佛家解决问题的方法是得智慧。得智慧后，痛苦的事
情就能解决，因为看破了人生之痛苦无可避免。所以，人在极度痛
苦时，更应该选择活下来，用一颗智慧心将痛苦泡柔软，让它开出

芬芳美丽的花朵。厌弃生命不是智慧的选择，自杀者在瞬间离开人世，离开爱着他的人，却永远带着痛苦和迷茫，是一种无法弥补的遗恨。

金庸说人要活得长久、快乐和幸福，应当修养到"八风吹不动"的境界。"八风"是佛家说法，指利、衰、毁、誉、称、讽、苦、乐，四顺四逆一共八件事。"利"为顺利成功，"衰"为坎坷失败，"毁"为背后诽谤，"誉"为背后赞美，"称"为当面赞美，"讽"为当面詈骂，"苦"为人生痛苦，"乐"为人生快乐。做到"八风吹不动"，自然可以仗剑而行，快意江湖，但这样的"大侠"何其少哉。

后来听说文化大师木心先生回来了，我脑海里第一个反应就是：木心是谁？怎么从来没有读过他的作品？现在我才知道，木心就是一个"八风吹不动"的"大侠"，是一个在苦难中坚持活下来，并且开出生命鲜花的大师。

木心生于浙江桐乡乌镇，在"文革"最疯狂的年月，他被打成阶下囚，备受凌辱，毕生文字画作也被焚烧殆尽。劳动改造十二年，别人都平反了，唯独他没有，有人担心："他平反了，谁来扫厕所？"

五十五岁时，他身揣四十美元，自费留学到纽约，没有任何亲戚朋友，长期困寓在繁华的世界大都市。他每天八千字至一万字的工作量，全部手写。他在纽约开讲世界文学史课，部分散文与小说已成为美国大学文学史课程的范本读物，画作也占领美国最高文化殿堂。作品被介绍到中国台湾，读者纷纷惊呼，写山如此精致华美文字的木心到底是谁？大陆读者很晚才接触到这位文化大师，而且圈子极小。作家陈村读到木心的《上海赋》时"如遭雷击"，称不让读书人知道他，是对美好中文的亵渎。

在海外漂泊了二十多年后，陌生的大师终于回来了，以耄耋容颜首次面对祖国大陆读者。在故乡乌镇旧居，他一根烟，一杯茗，一支笔，在水乡的阳光和流水间露出安详的微笑。

谈及半个世纪的磨难，他没有激愤；谈及迟来的声誉，他潇然淡定；袅袅香烟中，岁月的痕迹在沉淀，浮世的尘嚣如过眼烟云。大师说："我不喜欢哭哭啼啼，小女儿一样，要么就天地之间放声大哭，要么就闷声不响。我对自己有一个约束，从前有信仰的人以死殉道，我以'不死'殉道。"

好一个"以不死殉道"的信仰！

有人说："一个人真正的财富，是他的信仰和信念的力量。"一个人不必深陷于当下的苦痛而不能自拔，而应该放眼未来。不求神灵的解救，不受毁誉的纷扰，修行到"八风吹不动"，而且要拥有"以不死殉道"的信仰，勇敢智慧地行走在自己的朝圣路上，怀着对未知领域的敬畏之情，对大自然的心灵感受，对社会公正的内心追求，对美好人生的情感寄托，这样的生命还有什么痛苦劫难不能安然度过，还有什么旋涡泥沼不能清醒脱身，还有什么奇迹壮举不能创造？

# 禅道人生四题

唯有悟透人生的真谛，才能发现人生的善美，
才能拥有美妙的人生。

◎吴礼鑫

## 和尚与禅师

一个和尚出家悟道多年，依然没有开悟长进，他自认为不是出家人的料，便想下山返回尘世。

和尚去向禅师辞行，言道："师父，我天生愚钝，我的脑袋像一块顽固不化的石头，不是悟道的料，我只好下山还俗了。"

禅师并未言语，而是带他来到寺里一尊佛祖像前。

禅师问道："你面前的是谁？"

和尚回答道："神圣的佛祖。"

禅师悄悄地走到佛祖像跟前，他用手轻轻地抚摩着佛祖像问道："这尊佛祖像是用什么做成呢？"

和尚回答道："它是石头做成的。"

禅师说道："连石头都能做成神圣的佛祖，这可是天下的奇迹了。"

和尚听了禅师这番话，恍然大悟，他立即打消了下山还俗的念

头，立志安心修身养性悟道。日后和尚成为一代著名的大师。

相信自己，挖掘自己，定能成就自己。

## 念经与成佛

一位刚入门的僧徒向一位有名的禅师请教道："大师，念经能够成佛吗？"

禅师回答道："不能。"

僧徒问道："那么我怎样才能成佛呢？"

禅师回答道："念经啊！"

僧徒困惑道："大师，您不是说念经不能成佛吗？为何您又要我念经呢？"

禅师说道："如果你一生都只知道念经，你永远也无法成佛，然而念经是成佛的必由之路，你只有反复不断地念经，反复不断地钻研经学，反复不断地悟经求道，明了佛经的真谛，发现佛经的奥秘与美妙，你才能得道成佛。"

人生其实也是这样，唯有悟透人生的真谛，才能发现人生的善美，才能拥有美妙的人生。

## 凡夫与师父

一位凡夫向一位师父请教道："师父，怎样才能创造奇迹呢？"

师父回答道："做事，认真做事，努力做事，坚持做事，就会创造奇迹。"

凡夫问道："这是为什么？"

师父回答道："你现在为我烧火煮饭，等饭煮熟了，我就告诉你为什么。"

于是凡夫就为师父做饭，不久饭就煮熟了。

师父问道："你刚才是怎样煮熟饭的呢？"

凡夫回答道："我就这样反复不断地添柴加火，顺其自然就煮熟饭了。"

师父说道："你开始做饭的时候，是生米；你反复不断地添柴加火，就将生米煮成了熟饭，这难道不是一个奇迹吗？"

凡夫恍然大悟道："原来创造奇迹并不神秘呀！"

做，认真做，努力做，坚持做，奇迹自然而生。


## 和尚与师父

有一天，一个和尚与师父谈论人间欲望之事。

和尚对师父说道："人生痛苦的根源在于欲望，人如果能够消除欲望，就可以根除痛苦。"

师父说道："人生如果没有欲望，人生也就没有快乐，人生也就毫无意义，生命也就不存在了。"

和尚恍然大悟道："我悟了一辈子道，结果还是不明道呀！看来，道之道，无常道。"

道之道，无常道。

# 话 闲

正是这零零点点的闲，点缀了生命的天空，滋生了生活的乐趣，丰富了人生的色彩。

◎卢小波

## 清 闲

"闲居三十载，遂与尘世冥。"厌倦了俗世的争芳斗艳，高洁之士往往避世求闲，躬耕田桑，种豆南山，晨修荒草，晚乘月归。白日松为侣，夜至蝉做伴。日月依辰，沐春光绿化，待草生暮迟，羡繁华夏景，观桐叶交加，望落叶无边，叹深秋无情，踏冬雪留痕，赞寒梅傲骨。不慕虚名，不贪功利，"闲静少言，不慕荣利"。清静自在，无拘无束，"倾白酒，对青山，笑指柴门待月还"。闲出了逸情雅致，守住了心灵净土。

## 雅 闲

"人闲桂花落，夜静春山空。"诗人的闲往往带有无边的风雅，坐看竹深松老，近听空山落泉，履步浅青平绿，沉醉流水含烟。时而"看着闲书睡意多"，时而"闲吟独步小桥边"，时而"酒后高歌且放狂"，时而"看花临水心无事"。日落山头，闲行独归，胜景难舍，举步依依。夜色悄来，月华飘洒，小径滴露，山涧惊鸟。触景伤怀，难免"念故人，千里自此共明月"。


## 智　闲

　　闲是一种智慧，是老子所谓的"不为而成"。汉初，名相萧何去世后曹参走马上任，可这位被寄予厚望的曹丞相似乎有点儿闲过了头，不勤政事，上朝无事启奏，下朝摆宴饮酒。自己饮不说，还把前来劝说的官员也扯了进来。然而就是这位整日"无所事事"的闲人，却开启了汉初著名的"文景之治"，曹随萧规也为人们津津乐道。因为他的闲，使得前朝的许多制度得以保留，使汉初的休养生息得以延续。如果曹参闲不住，胡乱变动，以他的才能制定出来的制度恐难及萧何，后果可想而知。这正是"知人者智，自知者明"。由此可见，闲，有时也是一种大智慧。


## 悠　闲

　　"终日奔波苦，一刻不得闲。"李宗盛的这首《凡人歌》唱出了人们对悠闲的渴望与追求。茶余饭后的一次散步，疲劳不堪时的一会儿小憩，街上遇美时的一刻失神，闲暇无趣时的一圈麻将，情侣相伴时的一丝会意，夫妻漂泊中的一次牵手，朋友相聚时的一杯啤酒，一家团圆时的一堂欢笑。正是这零零点点的闲，点缀了生命的天空，滋生了生活的乐趣，丰富了人生的色彩。

# 空　闲

这是最矛盾的一种闲，说好听点儿是忙里偷闲，说难听点儿就是游手好闲。然而它又必不可少，人的神经就像弹簧一样，需要在空闲时松一下，不然就会坏死。空闲就像一块磨刀石，用得好，它可以帮你锋剑利刃，用不好，它会消磨你的意志，到头来，"白了少年头，空悲切"。

# 中　庸

*深邃而不高远，近在咫尺；儒雅而不离俗，平*
*易近人；精辟而不陌生，古今践行。*

◎付弘岩

　　中庸，不偏不倚，恰到好处。乐曲，抑扬有致，高低相谐，才
悦耳动听；丹青，浓淡适宜，疏密相间，才意境深远；文章，繁简
得当，曲直相伴，才引人入胜；身体，阴阳持衡，气血中和，才百
病不生；工作，张弛适度，劳逸结合，才事半功倍；战术，真真假
假，虚虚实实，才出奇制胜……凡事不能顾此失彼，亲疏截然，只
有密切配合，相互交融，才相得益彰，效果非凡。

　　因此，中庸是一种颇具匠心的融合艺术，是研究平衡的学问。

　　中庸，适可而止，留有余地。德国哲学家尼采说道："别在平
野上停留，也别爬得太高，从半高处往下看，世界显得最美好。"
此话诠释了中庸的哲理。爬得太高，往往因远离人间烟火而迷失自
己，往往因"一览众山小"而忘乎所以，往往因"高处不胜寒"而
眩晕坠落。可见只有"半高处"才恰恰好，俯仰适中，进退有余。
人生行囊，空荡无物，枉此一生，固然可悲，但贪婪索取，囊满欲
裂，更是对生命的亵渎。只有取半才力所能及，步履轻松，心神

怡然。

因此，中庸是一种深邃的"半半哲学"，是正确活法的指南。

中庸，做人不露，把握分寸。"水至清则无鱼，人至察则无徒"，阳春白雪，和者盖寡，其孤立来自太过；"木秀于林，风必摧之；堆出于岸，流必湍之；行高于人，众必非之"，其厄运源于突出；虎死于皮，鹿死于角，熊死于掌，象死于牙，其灾祸起于珍贵；项羽败于刚愎自用，韩信死于功高震主，石崇祸于财富敌国，其不幸出于失度。物极必反，意满则损，无可置疑。因此，中庸赞许调和，为人中正，为事不偏。有才，谨防恃才傲物；有势，不可仗势跋扈；有钱，切莫为富不仁。贵不显，美不狂，未雨绸缪，防患未然。始终谦虚谨慎，低调做人，这样才可避灾，避祸，避险。

因此，中庸是行为有度的做人准则，是收敛锋芒的修身之本。

中庸，处世和谐，不伤情理。太极图中的阴阳鱼，首尾相衔，难分难解，黑白相拥，无始无终。它巧妙地说明了事物的内在联系性，也道出了中庸认识上的客观性。黑白之间有诸多中间色，是非里面有诸多见仁见智说。因而，中庸处世，是在不出卖灵魂和良心、不交易原则和气节的前提下，学会适应环境，协调关系，内方外圆，刚柔兼济。不必过于偏执，僵化闭锁，以豁达拓开空间，以仁爱冰释嫌隙，才为可取。不必过于较真，咄咄逼人，以包容息事宁人，以宽厚化解恩怨，方为明智。有时，云里赏月，雾里看花，也别有情趣。因此，中庸是友好相安的处世之道，是和睦融洽的交往之策。

中庸，深邃而不高远，近在咫尺；儒雅而不离俗，平易近人；

精辟而不陌生，古今践行。

中庸是和谐社会百花园里的一片绿地，是精神文明长河中的一朵浪花。它清新袭人，魅力永远。

# 缘　分

学会了宽容，也就获得了轻松，所谓瓜葛波折，
不过莞尔一笑。

◎韩　广

佛说："前世五百次的回眸一笑才换来今生的一次擦肩而过。"
我没有宗教意识，也没有宗教信仰，但我被这句话深深地折服，因
为它一语道破真谛，向我们传达了缘分的来之不易。

缘分是大千世界中无数不确定因素偶然的沉淀，是万象人间里
数不清不可知事件可能的巧合。因此，得来的缘分总是散发出难得
的馨香，总是透露着造化的气息，总是隐喻着说不清道不明的神秘
的命定色彩。

缘分是走进人山人海之中偶见相识者的由衷感慨，缘分是身处
滚滚红尘之间得一知己的灵魂蒸腾，缘分更是面对芸芸众生求得知
音的生命狂喜。

既然如此，那么生命中走进我们视野的所有存在是不是均是缘
分的结晶呢？生活中进入我们空间的所有情感链接是不是都需要我
们加倍地珍惜与呵护呢？

缘分来之不易，所以我们要懂得珍惜。春花秋月皆是缘，一

草一木总关情，更何况父母兄妹的亲情、兄弟朋友的友情、室妻家夫的爱情。人生天地间，忽如远行客，短如白驹过隙，瞬间而已。珍惜身边的缘分，善待平凡的感情，认真对待生活中丝丝缕缕的细节，其实都是在珍爱我们的生命。翻开发黄的历史书卷，看一看手足兄弟争权夺位的丑剧，看一看刎颈之交明争暗谤的笑剧，看一看同床夫妻撕扯追杀的闹剧……有了这些对比，我们因此明白了珍惜缘分的内涵与分量，清晰了善待缘分的沉思与启迪。

因为缘分，我们学会了理解。其实，人生的悲剧，多由不能相互理解而来。"人生伊始苦难多"，为人踏入江湖，在世间行走，难免会遇到挫折和失败，任他是谁，在朝为官也好，乡野村夫也罢，人生旅途中同样会有种种意想不到和料想不及的难处。既然缘分把我们聚在了一起，那么我们确实应该以理解的心态面对身边突发的种种纠葛。当我们学会设身处地地为别人着想时，我们也就真正地成熟了起来，同时，生活也会明快与轻松许多。站在新的起点，回首如烟的往事，过去所谓的口角、所谓的争端、所谓的摩擦、所谓的恩怨，统统化为过眼烟云，在理解的和弦中消失得无踪无影。

学会了理解，也就懂得了尊重。与人交往，理解是双向的，尊重也是相互的。缘分的天空里，露出关怀的笑脸，给人温暖的双手，为别人营造一处温馨的爱的港湾，尊重他人，体现了自身的修养，同时又给自己提供一处明快的天空。何其乐也！

因为缘分，我们学会了宽容。现实生活中，与他人观点不一致、意见相左都是常有的，甚至立场对立也是可能出现的。当我们遭遇了伤害，带着刻骨的体味与累累的伤痕前行时，我们应该学会展示自我宽容的姿态：既然能走到一处，得到了称赞是一种缘分，遇到了对立与矛盾又何尝不是一种缘分呢？紫罗兰尚能把清香留在把它一脚踩扁了的脚踝上，何况我们？学会了宽容，也就获得了轻松，所谓瓜葛波折，不过莞尔一笑。

　　缘分的生成与升华，其实是需要用感情的耐力细心地培养和细致地呵护的，有时，我们只是想着从缘分中获取某些东西，而忘记了在缘分中注入一些东西。莫非，非要等到缘分已尽的时候，我们才会真正懂得珍惜的可贵？

# 水的禅机

一些看似不起眼的小细节，往往就是决定一个
人未来成败的关键。

◎王　飙

因为这个"禅"字常常与"佛"字相连，世人便觉得它玄机重重、深奥难懂，其实，只要你看一看禅师是怎样以水为禅机来示悟弟子的，就知道禅不过是生活的智慧与心灵的启惑罢了。

仪山禅师主持曹源寺的时候，因为道行很高，便有许多人前来参禅。其中就有一个年轻的小和尚，虽然仪山允许他在自己的门下修行，却只让他干一些给寺中僧人烧洗澡水的杂务。一天仪山禅师洗澡，水有些热，便让小和尚提桶冷水来。调好水温后，小和尚竟把剩下的半桶水"哗"的一声都倒在了地上。仪山看到后责骂道："你真是个笨蛋！还有半桶水，你就这样不知珍惜地浪费了，像你这样，就是参上几十年也不会开悟的。万物各有所用，无论多么卑微的东西，即使小如一滴水，都有自己的一席之地，一方天空。你把剩下的水浇树不是很好吗？树很需要水，水也就派上了用场。参禅的人如果没有济物之心，那自心又从何谈起呢？"一席话，让小和尚顿然开悟，从此便潜心修行，并自号"滴水和尚"，后来成为

一代著名禅师，老年时曾写下一首有名的诗偈："曹源一滴水，济心七十年；受用不尽，盖地盖天。"

看，这小小的一滴水中蕴含着何等丰富的禅机呀！洋洋江河，浩浩湖海，大自然里原本就没有一滴多余的水，怎能容你随意挥霍！人本万物之灵长，若是连这一点儿都看不透的话，其心岂能与大慈大悲的佛心相通呢？经过了禅师的点拨之后，原本心迷性疑的小和尚，刹那间便成了了悟自心的滴水和尚。

还有一个以水论禅的故事。有一个出身于木匠世家叫光藏的青年，由于一心向佛，便一心想成为一个佛像雕刻家。虽然他的雕刻技术已经很好，但所雕佛像总不能让人满意。于是，他就去拜访东云禅师，希望能得到禅师的指点。东云禅师知道了他的来意之后，什么也没说，就吩咐他去井边汲水。当东云禅师看到了光藏汲水的动作之后，突然开口大骂，并赶他离开。光藏不知自己做错了什么，一脸迷茫地呆在那里。因为时近黄昏，其他僧徒看见光藏可怜巴巴的样子，颇为同情，就请求师父留他在寺中暂住一宿。

光藏觉得心里委屈，翻来覆去睡不着，半夜时分，他被叫去见东云禅师。禅师以温和的口气对他说："也许你还不知道我骂你的原因，我现在就告诉你，佛像是被人膜拜的，所以，对被参拜的佛像，雕刻的人要有一颗虔诚恭敬的心，才能雕出威仪庄严的佛像。我看你汲水时，水都溢出桶外，虽说是少量的水，但那都是福德因缘所赐予的，而你却毫不在乎。像你这样不知惜福惜缘，对万物缺乏虔敬之心的人，怎么能够雕刻佛像呢？"

东云禅师的话，让光藏幡然醒悟。从此，他一边在东云的门下潜心修行，一边学习雕刻。后来，他雕刻的佛像，神韵独具，浑然天成，成为一代大师。一颗虔敬的心，难道不是做好一切事情的根本吗？

从对寻常所见之水的态度上来考量一个人的灵魂，也许有人会觉得这是小题大做。其实，只要我们仔细地想想便会明白：万物皆有其根源，万事皆有其至理；一滴水可以映照太阳，一滴水也可以映射出一个人的内在本性；一沙一宇宙，一花一境界。一些看似不起眼的小细节，往往就是决定一个人未来成败的关键。

# 润泽心灵

内心真诚之人，即使像兰花一样无人知晓，独
处于幽谷，也始终会散发出淡雅的芬芳。

◎林端华

《五元灯会》曾记载这样一则故事：由于战乱，普陀寺众禅者
决定迁移庙址。在迁移途中，只有豫通大师一人坚持早课，从不荒
废。有人劝曰："此处无佛，大师可不必如此。"豫通大师答一偈
子曰："此处无佛，我心有佛。既诚我心，是诚我佛。"

无人的时候，无人的地方，对任何一个人，都是一次真正的
考量。

听听"此处无佛，我心有佛。既诚我心，是诚我佛"。

听听"天知，地知，你知，我知，何谓无人知"。

那些偷鸡摸狗、欺世盗名之流该汗颜了吧！

内心真诚之人，即使像兰花一样无人知晓，独处于幽谷，也始
终会散发出淡雅的芬芳。

# 闲话太极

太极之妙正在于此，心静则神明，寡欲则境高，空明则智生，持正守中，方能游刃有余，立于不败之地。

◎汪焰祥

闲来无事，秉烛夜读，看到一段有趣的掌故。周显王被强秦所迫，勒索九鼎，一筹莫展之际，向颜率诉苦。颜率说："大王勿忧，臣请东借救于齐。"颜率来到齐国，拜见齐王，说："夫秦之为无道也，欲兴兵临周而求九鼎，周之君臣内自尽计：与秦，不若归之大国。夫存危国，美名也；得九鼎，厚宝也。愿大王图之。"齐王非常高兴，立即发兵五万救周。秦国见势不妙，只好鸣锣收兵。周显王得以化险为夷。

然而，危难之时蒙齐王之恩惠，允诺又不可不兑现，齐王索要九鼎就是名正言顺的事情了，给则有失国体，不给于理不合、于情难辞。两难之间，周显王又向颜率求计。颜率说："大王勿忧，臣请东解之。"颜率首先向齐王表示感谢说："周赖大国之义，得君臣父子相保也，愿献九鼎，不识大国何途之从而致之齐？"齐王说："寡人将寄径于梁。"颜率说："不可，夫梁之君臣欲得九鼎，谋之晖台之下，少海之上，其日久矣。鼎入梁，必不出。"齐王又说要借道于楚国。颜率又分析说："不可，楚之君臣欲得九鼎，谋之于叶庭之中，其日久矣。若入楚，鼎必不出。"

齐王经颜率如此一分析，傻眼了，说："寡人终何途之从而致之齐？"至此，颜率的目的基本达到，但仅仅切断齐王的后路仍然不够，还必须令齐王心悦诚服才行。于是颜率又进一步挤兑齐王说，鼎是个庞然大物，搬动运送很不容易，从前周伐殷商得到九鼎，搬运一只鼎就需要九万人力，九鼎需要九九八十一万人力，而且还需要众多的器械工具，就算大王有这么多的人力，又能从什么途径运回齐国呢？齐王很无奈，快快不快地说："子之数来者，犹无与耳！"颜率不卑不亢，回应说："不敢欺大国，疾定所从出，弊邑迁鼎以待命。"

齐王满怀期待的图谋，被颜率轻而易举地化解了，虽心有不快却也找不到半点儿破绽。颜率仅凭两段辞令既保住了周显王的尊严，化解了国家的危机，又在两个大国之间借力打力，四两拨千斤，堪称太极高手。

说到太极，觉得它根本就不能算作一种拳术，充其量只能算是一种体操，所谓以柔克刚，以静制动，那是需要达到极高的境界、具备深厚的内功作为前提的。想要在一朝一夕之间，通过训练，就能达到像散打搏击那样的效果，对于普通人而言简直是天方夜谭。因此，对太极拳始终颇不以为然。

班上有个同学祖传的陈氏太极，打得出神入化，十分漂亮，但我还是提不起学习的兴趣。那时最迷恋的是刚猛的少林拳，正值

《少林寺》公映之际，校园里一天到晚谈论的尽是武功和搏击，各种训练班雨后春笋般地兴起。五花八门的功夫都出来了，唯有太极无人问津，早早晚晚只见一些老年人在那里一招一式地慢慢比画。

驻足观看，心有所动。太极是形于外而意于内，健其身而养其心。气沉丹田，守拙抱一，胸无尘滓，物我两忘，娴静淡定，守中持正，岂非养心而何？

太极之妙正在于此，心静则神明，寡欲则境高，空明则智生，持正守中，方能游刃有余，立于不败之地。颜率之智，正在于深谙太极之道。

为人处世，娴静淡定，也是一种境界。

# 春雨秋月流水喻人生

要想取悦于每一个人是很难办到的，只要为人
处世依正道而行，无愧于自己的良心。

◎谢在永

有一古碑上面刻写着唐太宗李世民与许敬忠的一段对话。李世民曰："满朝诸卿，唯卿最贤，然亦有言卿之过者，何也？"许答曰："春雨如膏，农夫喜其润泽，行人恶其泥泞；秋月如镜，佳人乐而玩赏，盗贼厌其光辉。天且不如人意，何况臣乎？"

谚语云："众口难调。"要想取悦于每一个人是很难办到的，只要为人处世依正道而行，无愧于自己的良心。正如古人云："上善若水，水善利万物而不争。"唐朝诗人刘禹锡感叹曰："长恨人心不如水，等闲平地起波澜。"人生如水，方可潇洒一世。

# 拙的智慧

拙字若真参透了，悟明了，再面对现实和他人
便可"淡泊明志，虚怀若谷，大智若愚，韬光
养晦，深藏不露，知足常乐"了。

◎杨礼金

世事无常，红尘扰扰，拙以修身，拙以立世。

拙是一种明智的糊涂。"地至秽者多生物，水至清者常无鱼。
故君子当存含垢纳污之量，不可持好洁独行之操。"吕蒙正在刚刚
担任宰相时，有一位官员在帘子后面对别人议论，说："这个无名
小卒也配当宰相吗？"吕蒙正装作没听见大步走了。糊涂是一种明
智，容纳他人的缺点，善于"装糊涂"才能成就一番大的功业。

拙也是一种难得的糊涂。"扬州八怪"之一郑板桥半生为官，
看穿了中国官场的文化，于是写下了"聪明难，糊涂难，由聪明而
糊涂更难"。苏轼在《洗儿戏作》中也深有感慨："人皆养子望聪明，
我被聪明误一生，唯愿孩儿愚且鲁，无灾无难到公卿。"《老子》曰：
"我愚人之心也哉！俗人昭昭，我独昏昏；俗人察察，我独闷闷。"

是的，拙是一种糊涂，而糊涂有时候却是大智若愚，大巧若
拙；是大勇若怯，以柔克刚；是处世不悖，达观权变；是外乱内

整，内惊外钝；是有所不为，然后大有所为；是宠辱不惊，是非心外；是得意淡然，失意坦然；是宽容忍让，不计前嫌；是不以物喜，不以己悲；是藏锋露拙，明哲保身；是乐天知命，顺其自然；是居安思危，未雨绸缪；是沉默是金，寡言鲜过。拙可笑天下可笑之人，容天下难容之事。

拙是一种锲而不舍的执着。吴承恩与猴为伴，风餐露宿，看猴写猴；李时珍跋山涉水，几十年如一日，寻觅草药，分辨药性；徐霞客攀陡岩，下山涧，奔波劳苦直到晚年……是的，他们拙诚似厚土，故能地久天长，而巧伪者似虹霓，易聚易散。

拙是一种适时的沉默，老子曰："多言数穷。"多言必多心，多言心多事。只有懂得沉默，适时的沉默，才能实现自己理想的人生目标。杨修虽思维敏捷，才华过人，却恃才放旷，终死于曹操的刀下。故"藏巧于拙，用晦而明，寓清于浊，以屈为伸，真涉世之一壶，藏身之三窟"也！

拙是一种无心的自然。文以拙进，道以拙诚。禅宗李翱说："我来问道无余说，云在青天水在瓶。"苏东坡有词曰："到得原来无别事，庐山烟雨浙江潮。"这都是写尽了意念的极端，全都由无心而写出来，所以成了天真自然的名句。

拙如桃源犬吠，桑间鸡鸣。老子有曰："上善若水，水善利万物而不争，处众人之所恶，故几于道。居善地，心善渊，与善仁，言善信，政善治，事善能，动善时。夫唯不争，故无尤。"

拙字若真参透了，悟明了，再面对现实和他人便可"淡泊明志，虚怀若谷，大智若愚，韬光养晦，深藏不露，知足常乐"了。

# 修　闲

愈是终日奔波的"忙人"，愈是需要学会"修闲"。

◎方　道

有一天，某位朋友找到了报纸上一个别字："你看，把'休闲'写成'修闲'了！"他说得没错。事后查检辞书，真的还没有找到"修闲"这个词；我在电脑上敲出"修闲"两个字，下面立即出现一道红色浪线！但我琢磨，"修闲"虽然不是一个固有的可以独立运用的词，却是一个很好的词组，它与"休闲"只是读音相同，含义大不一样。"休"是休息，"闲"是少事或无事；"修"是学习、修炼，而作为"修"的对象的"闲"，应该是一种清静无为的精神境界了。如果说，"休闲"是为了停止精力的消耗，那么，"修闲"则是为了心灵的净化与丰富。"静故了群动，空故纳万境。"所谓"空静"，本是佛学术语，指一种超脱俗尘、空无寂静的精神境界。达到这种境界，就能了解宇宙间的事物发展变化，就能将世界上种种奇观异景尽收眼底。这种"空静"应该是"修闲"的极致。

明代大隐士陈眉公说："不是闲人闲不得，闲人不是等闲人。"他所说的"闲人"绝非无所事事或游手好闲之徒。这种"闲人"之"闲"，当指"超脱俗尘、空无寂静"的心境；这种"闲人"是"修闲"到家的高士，所以不能错认为"等闲人"。

我的身边不乏惯于"修闲"的朋友，可惜他们"等闲"得几乎不被人们注意。

胡公算得上一位"闲人"。他退休以后，经常骑辆破旧自行车在外面遛遛，座位后面的载物架上夹了张小凳子。他专找那些僻静的地方，悄悄坐下来，看别人下棋。他是个真正的袖手旁观的"看客"，听凭时光在那刀光剑影的楚河汉界默默地游走，就像《述异记》所述的那个神话故事中的樵夫王质，只顾看二童子下棋，连斧头柄朽烂也浑然不觉。

朱公也算得一位"闲人"。他更是善于"偷闲"，经常独自坐在杨柳依依的小湖边垂钓，却从来没有见他有过一尾小鱼的收获。不，他哪里是在钓鱼，分明是在逗鱼玩儿哪。庄子和惠子曾经在濠梁为水中的游鱼是否快乐的问题争论不休，毕竟隔了一层，不像这位朱公如此亲近游鱼，鱼之乐"感同身受"。

作为养生之道的"修闲"早已有之，只不过不叫"修闲"而已。"细数落花因坐久，缓寻芳草独归迟"，"行到水穷处，坐看云起时"，"逍遥以针劳，谈笑以药倦"，大概都是前人"修闲"的体验。今人恐怕没有这种闲工夫。梁实秋先生说："大多数人是蚂蚁、蜜蜂，少数人是人。做'人的工作'需要有闲暇。所谓闲暇，不是饱食终日无所用心之谓，是免于蚂蚁、蜜蜂般的工作之谓。"这话有些损，却说明了一个事实——"蚂蚁、蜜蜂"般劳碌着的同胞是难得"修闲"的。然而，"修闲"绝非无事可做的闲人的专利，更不是什么刻意消磨时间的"行为艺术"。所谓"修闲"，不过是心理上的自我调控、休养，帮助灵魂从过分劳累、过分紧张、过分疲惫中解放出来，增加一份从容、一份恬淡、一份平静和安详。因此，愈是终日奔波的"忙人"，愈是需要学会"修闲"。

俗话说："心静自然凉。"不"修闲"，心何以静？"修闲"正是防暑降温、祛病强身的好办法哩。

人奔走一辈子，苦也罢，甜也罢，都走不出自己的内心。
成功的人生不只是名垂青史，
活得洒脱有滋味，依然是成功的人生。

责任编辑：刘书芳
装帧设计：于　越
封面插图：郝颉宇
内文插图：李　奥

ISBN 978-7-5545-2326-1

9 787554 523261 >

定　价：20.00 元